KB139579

사임당

유현민 장편소설

머리말

조선시대의 대표적인 여성 예술가 사임당(申師任堂, 1504~1551)은 48년이라는 짧은 생애를 살며 시서화詩書畵의 삼절三絶로, 또한 '현모양처'의 대명사로 후세에 이름을 남긴 조선의 어머니이다.

우리 역사를 돌이켜 볼 때 여성으로서 사임당만큼 존경받은 인물은 아마 없었을 것이다. 위대한 학자이자 정치가였던 율곡 이이의 어머니로서 특히 그림에 뛰어나 천재 화가로서 채색화 · 수묵화 등의 여러 작품을 후세에 남겼다.

사임당은 7세 때부터 독학으로 그림을 그리기 시작했다. 세종 때의 화가 안견의 『몽유도원도』, 『적벽도』, 『청산백운도』 등의 산수화를 보면서 그림을 공부했고, 특히 풀벌레와 포도 등 초충도를 그리는 데 특별한 재주를 보였다.

오늘날 사임당은 율곡 이이를 낳은 어머니로 더 유명하지만, 그녀가 살았던 시기에는 산수도를 잘 그린 화가로서 명성이 자자했다. 동시대에 유명한 시인이었던 소세양蘇世讓은 사임당의 산수화에 「동양 신 씨의 그림족자」라는 제목의 시를 지었다고 전하며 율곡의 스승인 어숙권은 사임당이 안견安堅 다음가는 화가라 칭했을 정도로 그의 그림은 아주 뛰어났다.

이 소설은 율곡이 어머니 사임당을 잃고 상심의 세월을 보내다 불교에 심취해 금강산에 들어가 선수행禪修行을 거치는 과정에서 사임당의 생애를 회상하는 형식을 취하였다. 불행하게도 율곡의 생애에서 불교에 심취해 찾아갔던 금강산에서의 생활은 알려진 바가 없어 그야말로 소설의 구성, 허구적인 상상력을 동원해야 하는 불가피성이 있었지만 그의 천재성으로 미루어 불교에 대한 수행과 성리학자로서의 충돌을 예견하였다. 그러지 않고서 율곡이 일 년 반 만에 불교를 버리고 다시 세속으로 나오진 않았으리란 짐작이었다.

이 소설이 완성도를 가질 수 있도록 불교에 관한 지식을 전도해 주신 진병호 선생께 감사드린다.

유현민

차례

01

솔아 솔아 푸른 솔아

01

상심의 바다
소나무 숲길
초충도

상심의 바다

비가, 늘어진 오죽烏竹처럼 내리고 있었다.

걸음에 묻어나는 것은 흙이 아니라 번뇌였다.

노승의 등팍에 늘어진 걸망과 바리때에 천도薦度의식이 묻어나고 율곡이 돌아가신 어머니의 영혼을 좋은 세계로 보내기 위해 도량게를 외며 나비춤을 춘다.

어머니.

사임당 내 어머니.

숨지나이다.

훨훨, 좋은 세상으로 가소서.

누군가가 집 지붕 위에서 옷을 흔들며 초혼을 부르고 있었다. 그 소리가 슬프게 들려왔다.

"복復! 복! 복! 평산 신 씨 영혼이시여, 속히 돌아오시오! 속히 돌아오시오!"

수운판관이 된 아버지 이원수를 따라 평안도 지방으로 조운漕運을 따라나섰던 율곡은 어머니 사임당의 임종을 지키지 못하고 멀리서 혼을 부르는 소리를 들어야 했다.

어머니의 생이 세상의 든 자리에서 빠져나갔다. 아무리 돌아오라고 초혼을 불러도 돌아오지 않았다.

"어머니!"

상여가 만가에 휘감겨 벽제를 지나고 있다.

바람에 풀풀거리며 날리는 흙먼지가 상여를 따르는 가족들의 눈물에 잠긴다. 딸 매창의 호곡이 한없이 이어진다.

백여 리를 가면 파주 율곡리.

아버지를 따라 형 선과 번과 나란히 상여 뒤를 따르는 율곡은 혼미스러움으로 몸이 비틀거렸다. 바람에 휘날리는 만장과 규칙적으로 흔드는 요령이 어머니를 떠나보내는 애달픔을 더했다.

"어머니."

허한 세상을 밀치고 가는 걸음마다 어머니의 이름이 가슴에 화인처럼 찍히고 검정으로 묻어난다.

어머니를 그렇게 세상 뒤로 보낸 후 율곡은 생과 사의 경계선을 넘나들면서 그 또한 주검이 되어 있었다. 여막에 기거하며 일 년 동안 상복을 입고 심상心喪 일 년을 더 치렀다. 심상은 상복은 입지 않지만 상제와 같은 마음으로 애모하면서 근신하는 것을 말한다. 율곡은 어머니가 아버지보다 먼저 돌아가셨으므로 예에 따라 일 년만 상복을 입었다.

율곡은 탈상한 뒤에 마음으로 슬퍼하며 상중에 있는 사람처럼 조용한 세월을 보내면서 아버지 이원수가 간직하고 있던 불경을 탐독하며 세상의 모든 오욕칠정을 버렸다.

심상을 마친 18세 가을, 율곡은 관례冠禮를 행하였다. 관례는 아이가 자라 15세 이상이 되면 어른이 되었음을 상징하는 의식으로 부모가 일 년 이상의 상복이 없어야 행할 수 있다. 또 관자冠者가 《효경》《논어》에 능통하고 예의를 대강 알게 된 후에 행하는 것이 보통이다. 옛날 사람들은 이 관례를 혼례보다 더 중요한 의식으로 생각하였으며, 미혼이더라도 관례를 마치면 완전한 성인으로서의 대우를 받았다.

관례를 치르고 성인이 되었으면서도 어머니에 대한 사랑이 남달랐던 율곡은 이때 느꼈던 인생에 대한 무상감과 상실감이 매우 컸다. 심상하고 탈상한 뒤 그 시기에 불경을 탐독한 영향이었는지 율곡은 봉은사奉恩寺를 찾는 일이 잦아졌다. 그것은 그를 당장 지배하고 있던 고유의 결이었다.

어머니를 잃은 슬픔을 불교를 통해 극복해보려 한 율곡은 자신도 모르게 선수행禪修行에 마음이 끌리고 있었는지 모른다. 그러지 않고서 숭유억불정책으로 말미암아 불교는 이단으로 배척받는 사회 분위기여서 절을 자주 찾는다는 것은 쉬운 일이 아니었기 때문이다.

봉은사는 신라 원성왕 10년(794) 연회국사緣會國師가 창건한 견성사見性寺가 그 전신인 고찰이다. 명종이 12살의 어린 나이에 임금의 자리에 오르자 어머니 문정왕후文定王后가 수렴청정하면서 실권을 쥐게 된다. 평소 불교를 신봉하던 문정왕후는 조정의 반대를 무릅쓰고 고승 보우普雨를 등용해 침체된 불교의 중흥을 꾀한다. 중종에 의해 완전히 폐지되었던 선종과 교종을 다시 부활시키고자 한 것이다.

문정왕후의 비호 아래 보우스님은 봉은사 주지가 되고 이곳 봉은사를 무대로 불교 중흥에 앞장서게 된다. 그러나 불교 중흥의 꿈은 명종 18년(1561)에 사라지고 만다. 명종의 하나뿐인 왕세자가 갑자기 죽게 되고 후사를 잇기 위해 보우의 권유에 따라 문정왕후는 양주 회암사에서 대대적인 무차대회無遮大會를 열도록 한다.

무차대회란 법회의 이름으로 신분의 귀천, 상하를 막론하고 재시財施와 법시法施를 똑같게 행하는 법회로 인도의 아소카 왕으로부터 비롯되었다.

그러나 무차대회를 준비하던 도중 문정왕후가 갑자기 세상을 떠나자 불교 중흥은 한순간에 물거품이 되고 만다. 오직 문정왕후에 의존하여 불교 부흥을 꾀하던 보우는 문정왕후가 죽자 하루아침에 나라를 말아먹는 요승으로 지목되어 빗발치는 탄핵에 직면하게 되고, 결국 제주도로 유배되어 조정의 명을 받은 제주목사 변협邊協에 의해 주살되었다.

꿈에 취한 듯 꿈속에 사는 세상에 들어가
50여 년을 미치광이 놀음을 하였도다.
인간 세상의 영욕을 모두 다 버리고
중의 탈을 벗고 높고 높은 데나 오르련다.

幻人乃人幻人鄕 五十餘年作戱狂 환인내인환인향 오십여년작희광
弄盡人間榮辱事 脫僧傀儡上蒼蒼 농진인간영욕사 탈승괴뢰상창창

이는 제주에 유배되었을 당시 보우가 남긴 임종게이다.

보우는 "지금 내가 없으면 후세에 불법이 영원히 끊어질 것이다"라는 사명감과 신념이 가득하여 목숨으로 불법을 보호하고자 하였으며 종단을 다시 일으키기 위해 혼신의 힘을 다했다. 하지만 그가 꿈꾸었던 세상은 문정왕후가 갑자기 죽음으로써 오지 않았다.

보우는 『일정론一正論』을 통해 "하늘은 곧 사람이요 사람이 곧 하늘이다"라고 하여 동학이 세상에 나오기 500년 전에 이미 인내

천 사상을 주창하기도 했으니 위대한 선각자였음은 부인할 수 없다.

율곡은 봉은사를 자주 드나들었다. 보우스님과는 가끔 마주치는 일이 있었지만 율곡은 한 번도 다가가지 않았다. 무심한 일별을 던졌을 뿐이다.

1565년(명종 20) 문정왕후가 승하하던 그해, 사림과 유생들이 일제히 들고 일어나 "요승 보우 때문에 문정왕후가 승하하고, 나라의 재정도 고갈되었다"면서 보우를 처단해야 한다고 빗발 같은 상소를 올렸는데, 아이러니하게 보우와 맺은 인연이 있었음에도 불구하고 훗날 유림을 대표한 율곡이 이때 왕에게 다음과 같은 배불상소를 올렸다.

엎드려 생각하오니, 벼슬에는 각각으로 그 직책이 있습니다만 정성이 마음에 사무치면 맡은 바 직분에만 구애될 수 없으며 진언을 함에 있어선 반드시 그 때가 있사오나 해로움이 나라에 절박하게 되면 때만을 가리고 기다릴 수는 없는 것이옵니다.

전하께서는 지금 상喪 중에 있사와 말씀드릴 만한 때가 아님을 아옵니다만 어리석은 신은 만 번 죽을 것을 무릅쓰고 감히 한 가지 생각한 바를 올리오니 엎드려 바라옵건대 한 번 보시고 헤아려 주시옵소서.

눈썹은 지극히 가까이 있어도 보지 못하는 것인즉, 궁중의 일을 나라 사람들은 다 알아도 전하께서 알지 못하시는 바가 어찌 없겠습니까?

전하께서는 진실로 보우에게 털끝만큼의 죄도 없다고 생각하십니까? 어찌 나라 사람들이 모두 죽여야 마땅하다는데 죄가 없을 리가 있습니까?

신은 귀양 보내자는 말씀을 드렸고 사림士林들은 바야흐로 시역弑逆으로 지목하고 있는데 전하께선 단연코 죄가 없다 하시어 끝끝내 보우를 귀양 보내시겠다는 뜻을 보이지 않으신다면, 이것은 사기가 꺾이고 간언을 올릴 길이 막히며, 국가의 혈맥이 상하는 것을 모두 돌아보시지 않는 셈이 됩니다. 하물며, 서캐나 이 같은 신이 반딧불같이 미약한 힘으로 어찌 일월日月의 광채를 돕기를 바라겠습니까?

신이 본래 지극히 어리석고 고루한 자질로 외람되게 나라를 구경하고 왕께 손 노릇하는 벼슬자리에 끼게 되고, 다행히도 전하의 버리지 않으시는 은혜를 입어서 뽑아 장원 자리에 두시었으니, 주상 전하의 은혜가 깊고도 무거워서 갚을 바를 알지 못하고 있습니다. 그러므로 나라를 병들게 하는 기미를 눈으로 보고는 마음에 감격한 정성이 간절하여 감히 침묵을 지키지 못하고 이미 분별없는 소견을 올렸사오니 직분을 뛰어넘은 죄를 엎드려 청하옵니다.(출처 율곡집/정종복역)

어느 날, 율곡이 봉은사 대웅전에서 기도를 마치고 경내를 돌고 있는데 한 노승이 다가와 말을 건넸다.

"떠도는 중이 이야기를 청해도 되겠습니까?"

보니 아까 방장 앞에서 봉은사 주지스님 보우와 차를 나누던 낯선 스님이었다.

"제게요?"

"네, 불심이 깊으신 것 같아서요."

"제게 불심이라니요? 당치도 않습니다. 저는 그저 번뇌에 사로잡힌 중생일 따름입니다."

그리곤 귀찮다는 듯 노승의 곁을 떠났다.

그로부터 율곡은 경내에서 노승과 마주치는 일이 잦았다. 하지만 노승은 그 이후 더 이상 율곡에게 이야기를 청하지 않았다. 어떤 날은 절 밖의 밭에서 채마를 가꾸는 노승을 목도하기도 했고 어떤 날은 방장실 마루턱에서 보우스님과 차를 나누는 모습도 보았고 어떤 때는 경내를 돌며 명상에 잠긴 듯한 모습을 발견하기도 했다.

그러던 어느 날, 율곡은 채마밭을 지나던 때 젊은 스님이 노승에게 하는 소리를 들었다.

"스님, 이게 어쩐 일이십니까? 스님께서 손에 흙을 묻히시다니요?"

화급히 말리려는 젊은 스님의 목소리 뒤에 들려온 노승의 목소리, 율곡이 멈춰 섰다.

"중이 중놈 소리를 듣지 않으려면 먹을 것을 스스로 가꾸어야지. 그래서 내가 호미를 들고 채마밭을 가꾸는 것인데 이것이 뭐가 이상한 일이라고 말리는가? 잠시 머물다 가는 중놈이 그래도 밥값은 해야지."

"무슨 말씀을요. 스님, 저희가 할 테니 그만 들어가시지요."

"나는 탁발하고 다니는 중놈들 이해를 못하겠어. 그럴 힘이 있으면 스스로 농사를 지어 먹고 사는 것을 해결해야지 탁발은 왜 해? 짓거리야, 짓!"

"스님, 감히 이런 말씀 송구하오나 탁발도 수행 아닙니까?"

"수행이지. 만행萬行 중의 만행! 탁발은 만행 중 맨 마지막 행에 속하는 수행법이야. 구천구백구십구행을 놔두고 만행을 하면서 수행이라고? 중놈 소리 듣지 않으려거든 똑바로들 해!"

율곡은 귓전을 때리는 노승의 준엄한 일갈을 듣고 뒤를 돌아보았다. 젊은 중은 무엇에라도 한 대 얻어맞은 듯 멍하니 서 있고 노승은 호미 든 손을 놀리며 열심히 채마밭을 가꾸고 있었다.

"스님."

며칠이 지나 율곡이 대웅전에서 예불을 마치고 나오는 노승의 가사 자락을 붙든 건 자신도 모르는 절로의 끌림이었다. 의식적으로 스님들을 피했던 이전의 행동과는 전혀 다른 것이었다.

"저를 부르셨는지요?"

노승이 돌아본다.

"네, 스님."

"아직 날씨가 완연한 봄은 아닌 것 같은데……."

"……겨울은 분명 지났지요."

"그런가요? 사람에게 가장 중요한 것은 생과 사의 일인데 불교는 바로 그 생과 사를 잘 끝맺기 위한 진리를 배우는 것이지요."

노승은 혼잣말처럼 뇌었다.

"네?"

율곡은 가슴이 철렁 내려앉았다. 자신이 스님 자락을 멈추게 한 것은 바로 그 문제를 묻고 싶었던 것인데 노승은 율곡이 무얼 묻고 무얼 알고 싶어 하는지 이미 알고 있다는 듯 그렇게 말했다.

"이 절을 찾아 방황하는 이유가 그것 아닌가요? 누군가를 잃고 그리워하면서 생사에 대한 끊임없는 번민. 그 번민에 대한 답을 찾고자 하는 것 아닌가요?"

이미 노승은 율곡의 마음을 모두 간파하고 있었다.

"스님, 지금 불교가 생과 사를 잘 끝맺기 위한 진리를 배우는 것이라고 말씀하셨습니다. 정말 불교가 생과 사를 잘 끝맺기 위한 진리를 배우는 것입니까? 그런 것입니까?"

"생은 삶이며 그 삶은 무엇이던가요? 사는 죽음이며 죽음 또한 인간에게 무엇이던가요? 불교는 철학이 아닙니다. 깨달음이지요."

"그렇다면 깨달음이란 어떤 것입니까?"

"깨달음이란 본래 없는 것을 만들어내는 것이 아니라, 본래 내가 지니고 있는 것을 발견하는 일이지요."

"스님의 법호를 여쭈어도 괜찮겠습니까?"

"법호는 무슨……, 그저 각지의 절을 주유하며 사는 늙은 중일 뿐이오."

"지금 각지의 절을 주유하신다고 하셨습니다. 그렇다면 여기도 지나치는 절일 것이고, 그렇다면 다음 스님의 발걸음은 어디입니까?"

"금강산의 절로 들어가는 길이지요. 그리로 가는 길에 잠깐 보우를 만나러 봉은사엘 들렀는데 뜻밖에도 여기서 보살님을 만나게 된 것입니다. 나는 보살님의 머리 위에 붉은 빛이 떠 있었을 뿐만 아니라 오색의 구름까지 드리워져 있는 것을 보았소. 그래서 일찍 떠나려던 계획을 미루고 한동안 보살님을 지켜보고 있었지요. 장차 뛰어난 불제자가 될 사람이오. 그래서 그 후사를 신도로 받아들이려 합니다."

이 무슨 말인가. 지금 노승이 말하는 것은 반야다라가 남천 축향지국竺香至國 향옥왕의 셋째 왕자인 서천스님, 즉 석가여래의 28대 법손 보리달마에게 했던 말과 똑같은 말 아닌가? 이 말에는 진정한 무엇의 뜻이 있을 것이라고 생각했다. 하지만 율곡으로선 더 이상의 그 어떤 뜻을 가려내지 못하고 말했다.

"제게 출가를 권유하시는 것인지요?"

"어찌 내가 출가를 권유할 수 있겠소? 출가는 스스로 결정하는 것이지 누가 권유해서 되는 것이 아니오. 보살님이 선택할 일입니다."

"보살이라니요? 불심이 없는 제겐 당치도 않습니다."

"보살에는 중생을 교화하여 구제하겠다는 '하화중생下化衆生'의 대원大願을 발하여 부처가 될 권리를 유보하고 윤회의 세계에 머물러 구제救濟에 나서고 있는 보살이 있습니다. 그러나 이들은 일반적으로 최후에는 불과佛果를 성취하는 존재이며, 따라서 복수의 부처의 출현을 예견하게 하는 존재들이지요. 이와 같이 단수로서 석가모니 부처만을 가리켰던 보살이 복수로서 중생을 뜻하게 됨에 따라 과거·현재·미래에 다수의 부처가 있다는 다불 사상多佛思想으로 전개되었으며 따라서 전생의 석가모니 보살과 같은 특정의 보살만이 아니라 누구든지 성불하겠다는 서원을 일으켜서 보살의 길로 나아가면 그 사람이 바로 보살이며, 장차 성불할 수 있다는 '범부보살사상凡夫菩薩思想'이 일어나게 됩니다. 이러한 보살사상은 공사상空思想과 결합하여 대승불교의 근간을 이루었으며 대승의 보살사상 중 기본적인 두 개념은 서원誓願과 회향回向입니다. 그것은 중생을 구제하겠다는 서원이며, 자기가 쌓은 선근공덕은 남을 위하여 헌신하겠다는 회향이지요. 그리고 보살은 스스로 깨달음을 이루는 능력이 있음에도 불구하고, 이 세상에 머물 것을 자원하여 일체의 중생을 먼저 깨달음의 세계[彼岸]에 도달하게 하는 뱃사공과 같은 자라고 설명되고 있지요.

보살은 수행의 단계에 의하여 그 계위階位가 주어지는데 즉, 초발심(初發心 : 최초단계로 진리를 추구함), 행도(行道 : 번뇌의 속박에서 벗어나려고 수행함), 불퇴전(不退轉 : 도달한 경지에서 물러나거나 수행을 중지하는 일이 없음), 일생보처(一生補處 : 한 생이 끝나면 다음에 부처가 됨)의 4단계가 있습니다." (출처 한국민족문화대백과, 한국학중앙연구원)

"지금 저와 맞대고 앉아 계신 스님은 누구입니까?"

"모르지요. 저는 아직 보살 축에도 들지 않는 어느새 늙어버린 섭생의 중놈일 뿐이오."

"스님."

"말씀해 보시지요."

"불경을 아무리 읽어보아도 불경에서 주장하는 돈오(頓悟 단번에 깨달음)는 제게 선뜻 와 닿질 않습니다. 차례와 위계를 거쳐 수행하고 득도하는 점수漸修(차츰 깨달아 감)로 배워 들어가야지 어찌 돈오할 수가 있습니까?"

노승이 대답했다.

"불성과 통하는 자는 일 촉에도 진리를 깨달을 수 있습니다. 불성과 통하지 않은 자는 아무리 점진적으로 배우고 시간이 길어도 그 마음속에 부처가 없기 때문에 진리를 깨달을 수 없습니다."

율곡이 말했다.

"아무리 불성이 있는 사람이라 해도 금방 돈오하여 부처가 될 순 없지 않습니까?"

그러자 노승이 손을 쑥 내밀어 주먹을 쥐어 보이며 말했다.

"저의 손을 보십시오. 손바닥이 주먹이 되고 주먹이 손바닥으로 되지요? 얼마나 빠릅니까?"

노승은 주먹을 폈다 오무렸다를 반복하며 말한다.

율곡이 말했다.

"그거하고야 다르지요."

노승이 웃으면서 말했다.

"다른가요? 뭐가 다르지요? 주먹과 손바닥은 모두 손이잖아요."

"……!"

율곡이 대답을 못했다.

"보리와 번뇌도 이처럼 빠를 수가 있습니다."

자기 본성을 잃으며, 잊으며 살아가고 있는 자신에게 노승의 말은 마치 깊은 산사에서 풍경을 듣는 듯, 혹은 수많은 번뇌의 등줄기를 죽비로 얻어맞는 듯, 부처의 화신이 앞에 나타나 무상계를 설하여 깨달음을 주는 듯, 그야말로 선종돈오법문禪宗頓悟法門을 듣는 듯하였다.

율곡은 노스님의 얘기를 듣고 깨달았다.

'보리와 번뇌에는 차별이 없으며 보리가 곧 번뇌이고 번뇌는 곧 보리이다.'

율곡은 무언가를 결심한 듯 스님의 얼굴을 쳐다보고는 말했다.

"스님의 뒤를 따르겠습니다."

"나무아미타불 관세음보살!"

노승은 합장을 하며 눈을 감았다.

"스승님, 이제 떠나시려고요?"

봉은사 주지스님 보우가 길 떠나는 노승을 배웅한다.

"잘 있게나. 너무 오래 묵었네."

"오신 지 얼마나 되셨다고요? 그러고 보니 제가 15세 되던 해,

스승님의 손에 이끌려 금강산 마하연 암자에 들어가 머리를 깎고 중이 되던 일이 선하게 떠오릅니다."

"그런가?"

"제가 그때 이 사람이 되고 지금 이 사람이 제가 되는 건가요?"

보우는 율곡을 보며 말한다.

"그걸 내가 어떻게 장담하겠나? 두고 볼 일이지."

"성불하시게."

보우스님이 율곡에게 합장하며 그리고 덕담을 건넨다.

"한 생각도 생기지 않으면 그것이 곧 부처일세. 그리고 만일 이 뜻만 깨치면 지위나 절차를 따르지 않고 바로 묘각妙覺의 자리에 오를 걸세."

율곡은 보우스님의 말을 새겼다.

"수행은 결코 쉬운 일은 아닐세. 세간의 지식이란 무언가? 하나씩 보태는 것이지. 본 것, 들은 것, 배운 것, 느끼는 것을 하나씩 보태는 것이란 말일세. 그러나 수행은 달라. 수행은 하나씩 하나씩 버리는 것이야. 여태껏 본 것, 들은 것, 배운 것, 자기 안에 쌓아놓았던 지식들 모두를 버리는 것이네. 궁극에 가선 수행에서 얻은 경지까지도 모두 모두 버리는 것이 진정한 수행임을 잊지 말게. 가지고 있을 것이 남았다면 그것은 진정한 수행이 아니고 부처님의 가르침이 아니라는 것을 기억하길 바라네."

그리곤 노승에게 말을 건넨다.

"제가 지금 이 사람에게 한 말은 스승님께서 저를 금강산 마하연으로 인도하실 때 제게 당부처럼 들려주시던 말씀이었습니다."

"그랬는가?"

"네, 그러셨습니다."

"어머니, 저는 오늘 출가하여 불제자가 되겠습니다. 일찍 떠나갈수록 일찍 깨끗해지고 늦게 떠나면 번뇌만 가득할 뿐입니다. 그럴 뿐입니다."

"네 뜻이 그렇다면 너를 막지 않겠다. 떠나거라."

율곡은 간단한 행장을 꾸리고 스님의 뒤를 따라나섰다. 아무도 모르게 조용히 떠난 길이었다.

'나는 누구인가? 그리고 삶은?'

아직은 어색한 동반자로 걸어가는 스님의 걸망과 바리때에선 빗물이 뚝뚝 떨어진다. 스님의 짚신에는 아무런 흔적이 보이지 않는다.

노승의 흔적. 아무리 살펴보아도 거기엔 남기고 가야 할 것들이 없다.

"어서 가시지요?"

따라오는 기척이 없음을 느꼈던지 말없이 걷던 스님이 돌아보며 율곡에게 말한다.

"바쁠 것이 없는 걸음이지만 그래도 묵을 만한 곳을 찾으려면 좀 더 빨리 걸어야 합니다."

“속세를 버리는 길도 평탄하지 않군요.”

“속세에 머물든 출가를 하든 모든 것이 고행이지요.”

‘불교는 깨달음의 경지에 도달하는 것이니 세상의 모든 번뇌를 떨쳐 버리고 꽃이 만발한 세계를 따라 불교에 입문하리라.’

율곡은 지금 보리다라가 했던 그 말을 기억하며 금강산을 향해 일로일로 가고 있었다.

즐거운 날은 짧고 번뇌의 날은 길다고 했던가.

어머니 사임당의 삶, 오롯이 비추던 어머니의 자애로움이 다시 살아난다.

그 스스로 출가하면서 율곡은 「동문을 나서면서出東門」’ 라는 시를 짓는다.

乾坤孰開闢 건곤숙개벽 하늘과 땅은 누가 열었으며

日月誰磨洗 일월수마세 해와 달은 누가 갈고 씻었던가

山河旣融結 산하기융결 산과 강물은 무르녹아 어우러져 있고

寒暑更相遞 한서갱상체 추위와 더위는 다시 번갈아 찾아드네

吾人處萬類 오인처만류 우리 인간은 만물 가운데 있어

知識最爲巨 지식최위거 그 지식 가장 으뜸 가네

胡爲類匏瓜 호위류포과 어찌 조롱박 같은 신세가 되어

戚戚迷處所 척척미처소 쓸쓸히 한 처소에만 매여 있겠는가

八荒九州間 팔황구주간 온 나라와 지방 사이에

優遊何所阻 우유하소조 어디가 막혀서 맘껏 놀지 못하랴

春山千里外 춘산천리외 저 봄빛 무르익은 삼천리 밖으로

策杖吾將去 책장오장거 지팡이 짚고 나 장차 떠나려 하네

伊誰從我者 이수종아자 그 누가 나를 따를는지

溥暮空延佇 부모공연저 저녁 어스름 부질없이 서서 기다리네

어느새, 늘어진 오죽처럼 내리던 비가 그치고 세상이 점차 밝아지기 시작했다.

"여기서 좀 쉬었다 가시지요."

산등성이를 넘어오는 행로여서 율곡은 숨이 찼다. 율곡과 노승이 자리한 곳은 너른 동해바다가 한눈에 보이는 평퍼짐한 바위였다.

"옷을 벗으시오. 빗물에 젖은 옷은 무겁고 축축하오."

노승은 아무렇지도 않게 옷을 훌훌 벗어 바위에 펼쳐놓는다. 그리곤 앉아 저편 너른 바다에 시선을 보낸다. 율곡도 노승처럼 똑같은 행동으로 옷을 벗어 펼쳐놓고 그 옷이 마르는 동안 두 사람은 이내 알몸의 불상이 되었다.

"가사와 바리때만 있으면 먹을 걱정이나 입을 걱정이 하나도 없지요. 그 많은 사람과 황금 다 필요 없어요. 가사를 벗고 걸망과 바리때를 내려놓으니 더더욱 욕심이 사라지는 게 느껴지지요."

"경지에 올라야만 느껴질 수 있는 느낌 아닐까요?"

"경지까지야 있겠소? 그냥 버리고 또 버리면 됩니다. 중생의 마음은 항상 흐리고 어지러워 늘 헛된 생각이 끊어지지 않으므로 분별심이라 하고 보살의 마음은 항상 비어 있고 고요하여 늘 맑고 깨끗하니 청정심이라고 합니다. 세속의 맛을 버리는 일, 참 어렵지요. 그러나 세속의 형상에 걸리지 않고 버리고 또 버리는 일, 집착을 버리는 일들을 수행해야 합니다."

노승의 말은 하나의 울림처럼 들려왔다.

"모든 것, 즉 제법諸法은 중생의 눈으로 보면 참으로 이리저리 변하고 차별되어 보이지만 부처의 눈으로 보면 그런 변화와 차별이 없는 항상 같은 모습으로 보이지요. 그러니까 지금 우리가 바라보는 저 바닷물과 같다고나 할까요?"

노승은 잠시 말을 끊더니 천천히 입을 연다.

"바다에서 파도는 천태만상으로 생멸하는 현상이지만 그 생멸의 밑바닥엔 변하지 않는 바다가 존재하고 있는 것입니다. 바닷물 없이 파도가 있을 수 있나요? 불변의 여래가 바다라면 생멸의 파도는 중생입니다. 말하자면 부처와 중생은 하나가 아니면서 또한 둘도 아닌 것입니다."

"……!"

"모든 중생은 그 본성에 따라 모두 성불할 수가 있는 것입니다. 집착이 있고 욕심을 버리지 못해서 성불할 수가 없는 것이지요. 속세를 벗어나면 이내 성불의 길이 보이기 시작합니다."

율곡이 바라보는 저 묵시의 바다는 지금, 상심의 바다였다.

"자기에 대한 애착이 있으면 범부요, 자기에 대한 애착을 버리면 여래입니다."

노승은 합장을 한 채 눈을 감았다.

율곡은 합장은 하지 않았으나 노승처럼 이내 눈을 감았다.

눈은 코를 생각하고 코는 마음을 생각하고 마음은 단전을 생각하면서 기를 가볍게 끌어올리자 동남풍이 불어왔다.

아, 솔아! 솔아! 푸른 솔아!

소나무 숲길

바람이 불자 검은 대숲에선 댓이파리들이 서로 몸을 부딪치는 소리가 들렸다. 그 소리에 인선은 잠을 깼다.

방문을 밀치고 나오자 대숲을 훑고 불어오는 바람이 마당에서 서성거렸다.

이른 아침이었다.

아직 잠에서 깨어나지 않은 가족을 두고 인선은 집에서 그리 멀지 않은 경포대를 찾았다. 경포대를 오르는 길은 짧지만 아름다운 소나무 숲길로 언덕에 다다르면 푸른 바다가 보이고 그 옆으로 눈길을 돌리면 경포호수가 보인다.

푸른 바다, 푸른 호수의 세상을 굽어보는데 떠오르는 해의 움직임이 뚜렷하다. 수평선에서 얼굴을 내밀던 해는 어느새 인선의 시선과 일직선을 이룬다.

정들었던 바다, 강릉 경포대와 이별해야 될 시간 사이로 바람이 훅 하고 빠져나간다.

끼룩 끼룩.

바다 위를 나는 갈매기는 바다의 수면을 차기도 하고 한껏 하늘 위로 솟구쳐 날더니 잠시 비행을 멈추고는 얼마의 시간을 견디다 다시 날갯짓하며 날아 인선의 머리 위를 비행하기도 한다.

인선은 이제 여자의 길, 정해진 혼인을 자신의 숙명으로 받아들인다.

혼인을 하면 나의 길은 어떻게 달라질까? 지아비를 섬기고 자식을 낳아 기르고 교육하며 사는 것으로 나의 길은 그렇게 정해지는 것일까? 그렇다면 여태껏 열심히 그림을 그리고 글씨를 쓰고 글을 배우고자 했던 것은 어떻게 되는 것인가? 대체 무엇을 위함이었던가?

잠시 세상이 검은색으로 변한다.

"혼인이 정해졌다. 한양에 사는 덕수 이 씨로 고려 중랑장中郎將 돈수敦守의 12대 손이며 아버지를 일찍 여의고 어머니 밑에서 혼자 자란 사람이다. 홀어머니 밑에서 외아들로 자란 것이 다소 흠이었으나 외모가 준수하고 성품이 착해 택하였다. 또한 그림을 아주 좋아하는 사람이라 하더구나."

내리감은 눈의 세상에서 떠올려 보는 지아비의 모습은 그러나 선뜻 그려지지 않는다. 실루엣처럼 나타나는 검은 형체로밖에 더는 모습을 확인할 수 없었다.

눈을 뜨자 세상은 다시 고요하고 평화롭다. 바다에 두었던 시선을 거두고 옆을 바라보자 하도 맑고 고요해 거울 같다고 해서 이름 붙여진 경포호가 한눈에 내려다보인다.

"인선아, 이 호수의 전설을 아니?"

신명화는 같은 뜻을 가진 선비들이 기묘사화로 화를 당하자 울분을 참지 못해 한양에서 내려왔다. 그리곤 딸 인선의 손을 잡고 이곳에서 함께 산책을 하며 그렇게 물었었다.

"아뇨, 잘 모르는데요."

"옛날에 한 부유한 백성이 경포에 살았는데 스님의 시주 요청에 인분을 퍼주었단다. 그러자 그 집터와 주위가 호수로 변했고 그 부자가 가지고 있던 곡식이 모두 물에 잠기고 조개로 변했다 하여 사람들은 그 조개를 적곡(積穀 : 곡식을 쌓아놓은 모습을 뜻함)조개라고 불렀다 한다. 참 너무 야박했던 게지. 스님에게 시주를 한다는 것이 인분이었다니, 세상의 인심은 예나 지금이나 고약한 구석이 있나 보다. 하지만 전설과 달리 이 호수는 언제나 맑고 고요하니 다행이구나."

"그러게요.."

"어지러운 세상을 만나 어진 선비들이 사라졌는데 이 호수는 어찌 이리 맑단 말인가?"

"네?"

"아니다. 너와 정치를 논한들 울분만 가득찰 것이니, 정치를 말하면 이 세상의 모든 자연을 벗 삼아 그림을 그리고 문장을 익히는 네게 더러움만 묻힐 뿐이다."

인선은 아버지와 산책을 하면서 아버지가 애써 현실을 외면하려는 인위적 몸부림을 자신과 부대해서 잊으려 한다는 것을 알고 있었다.

기묘사화는 1519년(중종 14) 남곤南袞 · 홍경주洪景舟 등의 훈구파勳舊派에 의해 조광조趙光祖 등의 신진 사류들이 숙청된 사건을 말한다.

기묘사화로 새로운 정치질서를 이룩하려던 당대 사림세력은 조광조를 축으로 한 대부분 젊은이들로서 이들은 개혁에 걸림돌이 되는 세력을 제거하기 위해 훈척 세력인 남곤이나 심정 등을 소인으로 지목하였다. 그러나 오히려 이들로부터 반격을 받아 화를 당하게 되는데 사건의 전개 과정은 이른바 '주초위왕走肖爲王'이라는 상상을 뛰어넘은 술수를 통해서였다.

그 무렵에는 지진이 자주 발생하여 민심이 흉흉하였고 백성을 다스리는 중종은 그래서 근심이 이만저만이 아니었다. 이를 간파한 남곤과 심정 등은 권세를 부리는 조광조 등이 장차 모반을 일으키려 하기 때문에 그 징조로 지진이 발생하고 있는 것이라 간언하고 민심이 조광조 등을 따르고 있으니 이를 빨리 막지 않으면 크게 화를 당할 것이라고 말해 중종을 불안에 떨게 하였다. 그리고 또 궁궐 후원에 있는 나뭇가지 잎에다 꿀로 '주초위왕走肖爲王'이라는 글을 써서 그것을 벌레가 파먹게 하고는 이를 임금에게 아뢰었다.

"주초위왕이라니, 이게 무엇을 뜻하는가?"

남곤과 심정 등은 때를 기다렸다는 듯이 궁궐이 떠나갈 듯한 소리로 고하였다.

"전하! 이는 하늘이 암시하는 것으로서 '走肖'는 바로 '趙'자의 파획破劃으로써 말하자면 조 씨가 왕이 된다는 뜻을 암시한 것이옵니다."

"뭐야! 그럴 리가 있겠는가! 어찌 이런 괴이한 일이 일어날 수 있단 말인가!"

중종은 용상에서 벌떡 일어나 소리를 쳤다.

"전하께선 미물인 벌레가 주초위왕이라는 글을 나뭇가지 잎에다 새긴 것을 우연이라고 믿으시는지요? 이는 하늘이 전하를 위해 암시를 내린 것이니 부디 통촉하시옵소서."

"전하, 하루라도 빨리 이 무리들을 발본색원하여 처벌하지 않으시면 모반이 일어날 수도 있는 아주 큰일이옵니다. 지금의 민심이 그것을 나타내고 있습니다. 속히 민심이반을 막으셔야 하옵니다. 통촉하시옵소서!"

신하들의 읍소가 물 끓듯 하자 중종은 자신이 발탁한 조광조 등 사림세력들을 하옥시키고 대부분 귀양을 보내게 된다. 하지만 이들은 여기에서 그치지 않았다.

"전하, 그들을 귀양 보내는 것으로 이 무엄한 짓을 묵인하신다면 또 다시 이런 일이 일어나지 않으리란 보장이 없습니다. 죄인을 따르는 백성들이 많습니다. 괴수들을 모조리 죽여야만 후환을 없앨 수 있는 것입니다. 이 기회에 모반의 싹을 모조리 잘라내야 합니다."

중종은 이들의 주청을 받아들여 결국 조광조를 비롯한 70여 명을 사약으로 죽게 하였다.

신명화와 뜻을 같이했던 사람들이 이 안에 다수 포함되어 있었고 다행히 명화는 이 사화에서 무사할 수 있었지만 새로운 정치질서를 이룩하려던 당대 사림세력들의 숙청은 신명화를 분노하게 했고 가슴을 아프게 했다.

마음을 달래려 강릉에 내려와 있는 아버지였지만, 항상 떨어져 살았던 아버지와 많은 시간을 가지며 산책도 하고 깊은 대화를 나눌 수 있어 인선은 이때가 너무 좋은 시절이었다.

"인선아."

"네, 아버님."

"세상을 있는 그대로 보거라. 자연산천이 네게는 모두 공부 재료들이다. 이 너른 산천경개를 바라보며 그림을 그리고 거기에 생각을 담고 그 생각을 글로 남기면서 깨끗한 삶을 살아가도록 해라."

아닌 게 아니라 아버지 명화의 말처럼 경포와 경포대, 그리고 강릉의 산천은 인선에게는 모두 공부 재료들이었다. 그림을 그리고 글을 짓고 하는 모든 것들에는 강릉이 담겨 있었다. 풀꽃, 나무, 곤충, 포도 등등.

"지금은 순종으로서 미덕을 찾는 세상이다. 부모에게 효를 하고 남편에게 순종하는 것을 미덕으로 생각하는 세상이지만, 너를 가꾸는 것을 반대하는 것에 대해서는 순종하지 마라. 여자도 공부를 해야 한다. 아무리 이 사회가 남편이 닭이면 닭을 따르고 개면 개를 따라야 한다는 봉건사회일지라도 인격을 갖추고 소양을 갖추고, 경서를 보며 너를 깨우쳐야 한다. 경서에는 네가 배워야 할 것들이 아주 많다."

바닷가로 내려오자 파도가 높았다. 물이 바위에 강하게 부딪쳐 일어나는 포말은 비정하리만치 하얗고 순응하여 인선은 그것을 한참동안 바라보았다.

짭조름한 바다내음, 그 바다의 향이 인선의 몸을 훑더니 흔적 없이 사라진다.

모래밭에 앉았다. 바다 생물들의 움직임이 여기저기서 보인다. 대나무 숲에서 보았던 생물들과는 다른 생물들이었지만 그들의 움직임이 정겹다.

그림의 소재가 엿보이는 바다에서 인선은 한참 동안을 앉아 있었다. 그러자니 아침은 벌써 저만치 도망가 버리고 해가 중천에 떠오르고 있었다.

초충도

나,

인선은 서기 1504년 10월 29일, 강릉 북평촌에서 태어났다. 아버지 신명화와 어머니 이 씨 사이에서 둘째로 태어난 나는 외할아버지의 교훈과 어머니의 훈도 아래서 자랐다.

우리 집안은 조선시대에 들어서도 계속 관직에 종사하던 명문가였으며 내가 태어난 이 집은 마당과 후원에 검은 대나무가 무성하게 자라고 있던 대갓집으로 세종 때 이조참판을 지낸 최치운崔致雲 고조할아버지께서 지었다. 고조할아버지의 아들 최응현崔應賢은 자신의 대에 와서 아들이 없자 이 집을 사위인 이사온 할아버지에게 물려주었고 그러나 이사온 할아버지 대에도 아들이 없자 사위인 나의 아버지 신명화에게 물려주었다.

2대에 걸쳐 아들을 두지 못한 손 귀한 집안이었던 가문은 결국 사위들로 이어져 소멸되었지만 혈통을 이어받은 딸들은 명문가의 체통을 지켜나갔다.

인품은 살아 있었고 대갓집의 가풍은 그대로 이어져 자식의 교육은 물론 규수로서 갖추어야 할 모든 덕목을 지니게 되었다.

처음 결혼하여 한양에서 살림을 차린 아버지와 어머니는 그러나 어머니의 친정, 그러니까 이곳 강릉에서 홀로 사시던 어머니가 몸져 누우면서 병을 돌볼 사람이 없자 따로 떨어져 살게 되었다. 어머니가 아버지에게 말했다.

"여자가 한번 결혼하면 시가에서 귀신이 되어야 한다고 했지요. 그걸 알고 있으면서 이런 말씀을 드리는 건 죄송해요. 그러나 몸져 누워 계신 어머니를 자식으로서 가만히 보고 있을 수만은 없지 않겠어요. 미음을 쑤고 탕약을 달이고 하는 것을 누가 하겠어요. 그러니 잠시만이라도 제가 강릉으로 내려가 어머니를 돌보는 것이 어떻겠어요?"

그러자 아버지는 잠시 생각에 잠겼다가 고개를 끄덕였다.

"그렇게 하시구려. 부모님을 돌보려 하는 것은 자식으로서 당연한 도리지요. 내가 자주 강릉으로 내려갈 테니 염려하지 말고 부인 뜻대로 하시오."

이렇게 해서 다시 친정으로 오게 된 어머니는 외할머니를 모시고 살면서 다섯 명의 딸자식을 두었다. 이는 고려시대, 남자가 결혼하면 처가살이를 삼 년 정도 해야 하는 풍습이 아직도 남아 있었기 때문에 가능한 일이었지만 현실적으로 그렇게 한다는 것은 쉬운 일이 아니었다.

외할아버지는 외동딸을 고이 길러 평산 신씨, 고려 태조 때 건국 충신이던 장절공 신숭겸의 18대 손이자 영월 군수 신숙권의 둘째 아들인 명화를 시위로 얻었다.

장절공의 장절은 장대하게 절개를 지킨 사람에게 내리는 시호로서 임금을 위해 목숨을 내놓은 사람에게 내리는 것이다. 시호는 사람이 죽은 후 살았을 때의 공덕을 칭송해서 임금이 내려주는 이름을 말한다.

나의 할아버지 신숙권은 영월 군수로 있을 때 매죽루梅竹樓라는 누각을 지었는데 뒤에 단종이 그곳으로 가서 그 누각에 올라 두견시杜鵑詩를 지어 유배당한 슬픈 마음을 달랬으며 그 뒤로 이 누각을 자규루子規樓라 부르게 되었다.

아버지 명화는 천성이 순박하고 강직한 사람이었다. 어려서부터 선악으로써 자기의 언행을 조심하고 성장해서는 학문과 인격이 높은 지조 있는 그런 인물로 평가받았다.

아버지는 한양에서 살고 일 년에 두어 번 강릉으로 와 한 달가량 머물다 가곤 했기 때문에 나는 아버지로부터 교육을 받은 것보다 자연 외할아버지와 어머니의 교육에 더 영향을 받을 수밖에 없었다.

외할아버지 이사온과 외할머니 최 씨를 모시고 살아온 어머니 밑에서 자라게 된 나는 외가의 환경에 따라 어려서부터 유교의 경전을 배우고 글씨와 문장을 익히게 되었고 여자로서 해야 할 바느질과 자수에 능하게 되었다.

나는 일곱 살 무렵 세종 때 사람으로 그림에 능한 안견의 그림을 보고 본격적인 그림공부를 하기 시작했다. 그의 그림엔 산수, 포도, 풀벌레 등이 자주 등장해 그의 그림을 보고 공부하는 나로선 자연 안견의 화풍을 따라가게 되었다.

외할아버지는 언니와 나, 그리고 동생들에게 그 귀한 종이와 벼루 붓 등을 아낌없이 사주며 공부를 게을리하지 않도록 모든 신경을 다 쏟았다. 그런 환경에서 나는 하루가 다르게 성장해 갈 수 있었다.

일 년에 두어 번 강릉을 찾아온 아버지는 이렇게 성장해 가는 딸자식을 대견하게 바라보며 나와 바닷가를 손잡고 걸으며 이야기 나누는 것을 매우 좋아하였다.

아버지가 강릉에 내려올 때면 당신의 손엔 여지없이 붓과 벼루, 서첩, 문인화가의 산수화 그림 등이 들려 있었다. 그중에 문인화가의 산수화는 내게 충격이었다. 그동안 초충(풀밭에서 사는 벌레)을 많이 그렸었는데 구름과 산, 바위, 나무 등이 그려진 산수화는 신기했고 산수와 그림 옆에 새겨진 시를 읊어보는 나로선 이 그림들이 너무도 매력적이었다.

그것은 나의 그림에 새롭게 눈을 뜨게 해준 계기가 되었고 그

후로 산수화 공부도 열심이었다. 그리고 아버지가 사다준 서첩을 통해 여러 가지 글씨체를 익혔다. 초서를 시작으로 해서, 전서, 예서, 그리고 행서를 차례로 익혀갔다.

이른바, '말발굽 누에머리馬蹄蠶頭' 의 체법에 의한 글씨를 당나라 때의 시인들의 시를 써가며 익혔다. 이는 글씨체를 익히는 효과도 있었지만 아울러 학문을 익히는 데도 도움이 되었다.

당나라의 시인 중에 그 유명한 이백과 백거이의 시도 있었지만 나는 그의 시보다 다른 사람의 시를 더 좋아했다.

글씨체를 익히기 위해 썼던 다음의 시는 당나라 때 시인 대유공戴幼公이 「고명부顧明府를 작별하다」라는 제목으로 지은 것이다.

강남을 바라보니 비는 막 개었건만
산은 컴컴하고 구름 상기 젖었구려
앞길에 바람이 새겠네 배를 어디 떼겠나.

江南雨初歇 강남우초헐 山暗雲猶濕 산암운유습
未可動歸橈 미가동귀요 前溪風正急 전계풍정급

다음의 시는 당나라 때 시인 황보효상皇甫孝常이 「여러 친구들을 보내고 회포를 적다」라는 제목으로 지은 것이다.

남은 눈을 헤치고서 바닷녘에 밭을 갈고

시냇가 모래에 내려 석양 아래 고기 낚소
내 집에 무에 있으리 봄풀만이 자란다오.

海岸畊殘雪 해안경잔설 溪沙釣夕陽 계사조석양
家貧何所有 가빈하소유 春草漸看長 춘초점간장

"인선아, 사람은 자기 재능을 살려야 한다. 여자라고 해서 재능을 포기해선 안 된다."

이는 아버지의 소신이자 신념이었다.

"남들은 공부라면 지겨워하는데 너는 공부를 참 재미있어 하더구나."

"그럼요, 너무 재미있어요. 그림도, 바느질도, 자수도, 책을 읽는 것도 너무 재미있어요."

"어머니 말씀으론 네가 공부에 너무 열중한 나머지 밥 먹는 것 잊기 일쑤고 호롱불 밑에서 밤이 새는 줄도 모른다고 하던데 그게 정말이냐?"

"날마다는 아니고 가끔요."

"공부도 좋지만 건강을 생각하거라. 아직 어리면서도 아버지 대신 어머니를 살피고 그 어머니 대신 할아버지 할머니를 보살피는 것이 보통 힘든 일이 아닌데 아무튼 고맙구나."

"자식으로서 부모님을 공경하고 효도하는 것은 당연한 일인걸요."

"당연한 일이긴 해도 그것을 실천하기란 쉽지 않은 법이다."

내가 열세 살 때였다.

아버지가 초시初試인 진사進士시험에 합격하였다. 그러자 당시 재상이던 윤은보, 남효의 등이 조정에 벼슬을 천거하였으나 아버지는 이를 사양하고 오직 학문을 연구하는 일에만 전념하였다. 그래서 삼 년 뒤 기묘사화가 일어나 정암 조광조 등 어진 학자들이 피를 흘리며 화를 당했을 적에 그들과 동지로 뜻을 같이했으면서도 화를 면할 수 있게 된 것은 너무도 다행스러운 일이었다.

이 일로 아버지는 울분을 참지 못하고 잠시 강릉으로 내려와 살았다. 이 시기는 나에게 있어 행복하고 또한 새로운 학문에 눈을 뜨게 된 계기를 마련한 소중한 때였다.

아버지는 자식들을 지극히도 아끼고 사랑하면서도 교육에는 철저하고 엄격하였다.

어느 날 어머니가 변소에 다녀오다가 발을 잘못 디뎌 넘어질 뻔한 일이 있었다. 이를 본 우리 딸들이 웃음을 터뜨렸다. 그러자 아버지는 우리들을 크게 나무랐다.

"부모가 기운이 없어 쓰러질 뻔한 것을 보았으면 걱정할 일이지 그게 웃음이 나올 일이냐?"

아버지의 꾸지람에 우리들은 부끄러워 고개를 들지 못했다.

"이리 모두 모이거라."

아버지는 우리 딸들을 죽 모아놓고 말했다.

"부모는 사랑에 머무르고 자식은 효에 머물러야 한다. 부모를 지극 정성으로 모시는 일은 매우 중요한 일이다. 이왕 말이 나온 김에 너희들에게 귀감이 될 만한 이야기 하나를 들려주겠다. 옛날 팽성 땅에 유은이라는 사람이 있었다. 그는 어머니를 지성으로 섬겨 효자의 칭호를 받은 사람이다."

그러면서 두어 번 헛기침으로 우리들의 시선을 끌고는 다음과 같은 말을 들려주었다.

"몹시 추운 어느 겨울날, 병으로 누워 계신 어머니가 아들에게 미나릿국이 먹고 싶다고 했다. 유은은 어머니가 먹고 싶다는 미나리를 구하기 위해 밖으로 나왔다. 하지만 엄동설한 한겨울에 미나리가 있을 리 없었고 그것을 구한다는 것은 불가능한 일이었다. 미나리가 심어져 있던 논을 안타깝게 바라보며 '하느님, 제발 미나리를 구할 수 있게 해주세요. 제 어머니가 미나릿국을 잡숫고 싶어 하십니다.' 유은은 울면서 빌고 또 빌었다. 그때였다. 하늘에서 천신이 내려와 '이걸 어머니께 갖다드리거라. 네 효성이 지극하여 주는 것이니라.' 하며 미나리를 건네고는 하늘로 사라졌다. 유은은 뛸 듯이 기뻐하며 미나리를 들고 집에 돌아와 어머니께 정성을 다해 미나릿국을 끓여 드렸고 이를 잡순 어머니는 이내 병이 곧 나았다는 이야기다. 이 이야기를 듣고서 너희들은 어떤 생각이 드느냐?"

우리들은 아무런 대답도 하지 못하고 아버지의 다음 말을 기다리고 있었다.

"사람이 하늘을 감동시키려면 지극한 정성을 보여야 한다. 정성을 다해 감동시키면 움직이지 않는 것이 없으니, 이는 유은이 정성으로써 미나리를 구하려는 것을 보고 하늘이 감동하여 주게 된 것이다. 이를 보면 하늘이 눈으로 보고 귀로 듣는 것이 미치지 않는 것이 없다는 말, 하나도 틀리지 않는다는 것을 입증하는 것이다."

아버지는 예를 중시하며 무던히도 부모에게 효행을 강조했다. 그리고 모든 근원을 예에 연결시켜 자식들에게도 이를 철저하게 교육시키던 사람이었다.

서울에서 태어난 아버지는 천성이 순박하고 강직하여 지조 굳은 인물로 정평이 있었고 연산燕山 때에 부친이 별세하자 옛 법을 지켜 삼 년 동안 무덤 앞에 움막을 치고 살았다.

공정하고 엄격한 성격을 지닌 아버지는 어느 날 할아버지 이사온, 즉 장인어른이 어떤 친구와 만나기로 약속하고 그것을 지키지 못할 사정이 생기자 사위를 불렀다.

"이보게, 사위. 내가 오늘 어떤 친구와 만나기로 약속했는데 갑자기 일이 생겨 가질 못하겠네. 그러니 병이 생겨 가지 못한다는 편지를 써서 전하게."

그러자 아버지는 정색하며 말했다.

"이유가 거짓이니 장인어른의 뜻이라도 거절할 수밖에 없습니다. 죄송합니다."

내 나이 열일곱, 그 사이에 언니가 장인우라는 사람에게 시집가자 이제는 내 혼사문제에 대한 이야기가 자연스럽게 나왔다.

"이제 인선이도 나이가 찼으니 혼사를 서둘러야 하지 않을까요?"

어머니는 아버지에게 좋은 신랑감을 미리 알아보라는 말이었다.

"준비를 서둘러야지요. 어디 마땅한 사람이 있는지 당신도 알아보시오."

"저야 촌에 사는 아낙으로서 마땅한 혼처를 찾는다는 것이 어디 그리 쉬운가요? 아무래도 서방님이 한양에서 신랑감을 찾아보는 것이 좋을 것 같아요."

"그러리다. 혼사는 하늘의 인연이 닿아야만 이루어지는 것이니 너무 조급해 하진 맙시다."

"뭐니뭐니 해도 인품이 좋아야 합니다. 가정의 법도가 어떠한가도 잘 살펴봐야 할 것이며 신랑감을 구하는데 구차하게 높은 지위를 따질 필요는 없다는 생각입니다. 사위 될 사람이 어질기만 하다면, 사람의 미래라는 것이 현재 가난하더라도 후에 부유해지지 않는다고 할 수 없으며 설령 지금 부유하다 하더라도 후에 가난해지지 않는다는 보장도 없지요. 더불어 장부의 기개가 있는 사람이었으면 좋겠습니다."

그로부터 나의 어머니는 직접 인수대비의 『내훈』을 가르치셨다. 내훈은 시집가서 여자로서 반드시 지켜야 할 아주 중요한 덕목의 내용이었기 때문이다.

"여자의 가르침에 이르기를, 여자에게는 지켜야 할 네 가지 행실이 있단다. 첫째는 부덕婦德이며 둘째는 부언婦言, 셋째는 부용婦

容이며 넷째는 부공婦功이다.

부덕이란 반드시 재주와 총명이 뛰어나야 하는 것이 아니며, 부언이란 반드시 말을 잘해야 하는 것이 아니다. 부용도 반드시 얼굴이 아름답고 고와야 하는 것이 아니며, 부공 또한 남을 능가하는 솜씨를 뜻하는 것이 아니다.

맑고 고요하고 단정하며 절개를 지키고 처신을 바르게 하고 법도를 지키며 부끄럽지 않은 행동을 하면 이것이 곧 부덕이다.

말을 가려서 하고 악한 말은 입에 바르지 않으며 조용하게 남이 싫어하지 않는 말을 하면 이것이 곧 부언이다.

얼굴을 깨끗이 하고 외모를 단정히 하고 몸을 깨끗이 씻으면 이것이 곧 부용이다.

길쌈에 열중하고 쓸데없는 놀이를 즐기지 않으며 음식을 정갈하게 하여 손님을 잘 대접하는 것이 곧 부공이다."

내훈을 가르치는 나의 어머니는 진지했다.

"사람의 도리에 있어서 배불리 먹고 따뜻하게 입고 편안하게 살면서도 자식들을 가르치지 않으면 이는 짐승과 다를 바 없다. 부자 사이에 친밀함이 있고, 남편과 아내 사이에는 분별이 있고, 어른과 어린애 사이에는 차례가 있으며 벗과 벗 사이에는 신의가 있어야 되는 법, 자식들에게 이런 점을 교육하여야 한다."

어머니의 가르침은 순교적이었다. 그야말로 유교적인 바탕으로 일면했다. 여자의 일생이 어떠해야 하는가는 어머니의 가르침이 반복되면 반복될수록 하나의 틀로써 형성되어 갔다.

외조부가 돌아가시고 그 충격으로 얼마 지나지 않아 외조모가 병석에 눕게 되었다. 상태로 보아 얼마 살지 못할 것 같았다. 그 시각 아버지는 마침 강릉 북평촌 처가로 향하고 있는 중이었다.

여주驪州에 이르러 아버지는 외할머니가 돌아가셨다는 소식을 들었다.

아아!

아버지는 털썩 자리에 주저앉았다.

이를 어쩐다!

그러나 그것도 잠시, 자리를 털고 일어난 아버지는 더더욱 발걸음을 재촉했다. 낮에는 밥 먹을 시간도 없이, 밤에는 잠잘 시간도 없이 달빛에 의지해 부지런히 강릉으로 향했다.

"사위도 자식인데 장모님의 임종도 보지 못하고……."

아버지는 거의 달리다시피 발걸음을 옮겼다. 그러나 너무 재촉하여 밤낮없이 가다 보니 몸에 무리가 생겨 열이 불덩이처럼 나고 머리는 어지러워 걷는 것이 매우 힘들었다. 그러자 진부역珍富驛 창두蒼頭 내은산內隱山에 이르자 노비가 잠시 머무르기를 권했다.

"나리, 지금 무리를 하고 계십니다. 잠깐이라도 휴식을 취한 뒤 가시는 것이 좋겠습니다."

"어서 앞장 서거라. 나는 지금 일각이 여삼추다."

노비가 아무리 말려도 아버지는 듣지 않고 발걸음을 부지런히 옮겼다.

그러나 결국 횡계역에 다다라서 피를 토하고 쓰러지고 말았다.

피를 토한 것이 한 사발은 족히 될 정도였다.

"안 돼. 빨리 가야 돼."

아버지는 그러면서도 몸을 일으키려 애썼다.

"나리, 더 이상 안 됩니다. 이러시다간 큰일 납니다."

노비가 당황하여 아버지를 막았다.

"몸을 수습하신 뒤 떠나야 합니다. 그러지 않으시면 나리께서도 무슨 일이 나도 크게 나고 말 것입니다. 제발 소인의 말을 들으셔야 합니다."

노비가 사정하다시피 했으나 아버지는 고개를 저었다.

"아니다, 한시가 급하니 어서 떠나자."

하지만 아버지는 끝내 구산역에 이르러 의식을 잃고 말았다. 혼수상태였다.

"아니 어디까지 가시는데 이 지경이 되셨습니까?

한 선비가 다가왔다.

"강릉까지 가는 길입니다."

"강릉이오? 나는 강릉에 사는 김순효라는 사람입니다. 외지에 나갔다가 돌아가는 길인데 도움드릴 일이 혹시 있으신지요? 있다면 도와드리겠습니다."

"지금 이분은 장모님이 돌아가셔서 급히 처가로 가시는 길입니다. 처가엔 무남독녀 외딸인 부인이 있는데 혼자 상을 치를 것을 걱정하여 무리를 해서 가시다가 그만 이 지경이 되고 말았습니다."

"강릉 어디지요? 제가 내처 달려가 이 일을 알리지요."

"이 분은 북평촌 최 참판 댁 손녀사위입니다. 북평촌을 아십니까?"

"알다마다요. 강릉사람이라면 다 알지요. 제가 빨리 가서 가족들에게 알리겠습니다."

그는 급히 일어나 강릉을 향했다.

김순효라는 사람이 북평촌에 당도했다.

"저는 이곳 강릉에 사는 김순효라고 합니다."

"무슨 일이신지요? 보아하니 초면이신데요."

"이런 소식을 전하게 되어 마음이 아픕니다. 한양에서 강릉으로 오시던 신명화 공께서 지금 횡계역을 지나 구산역에서 정신을 잃고 쓰러지셨습니다. 급히 가보셔야 할 것 같습니다."

"네? 뭐, 뭐라고요!"

어머니는 충격을 받고 그 자리에 주저앉고 말았다.

"어머니!"

"인선아, 이게 무슨 소리니? 이게 무슨 날벼락이냔 말이냐."

김순효라는 사람이 나와 어머니에게 상황을 자세히 설명한다.

"어서 가보자. 어서 아버지에게 가보자. 네 아버지가 객가에서 쓰러지시다니? 이게 웬 말이냐!"

어머니는 급히 아버지를 찾아갈 채비를 차렸다.

"제발, 아버지가 무사해야 할 텐데."

어머니가 떠날 채비를 하는 동안 나는 아버지가 제발 무사하길 빌고 또 빌었다.

어머니는 외사촌 동생 최수몽을 대동하고 앞장섰으며 나는 세효 외삼촌과 함께 어머니를 따라나섰다.

"여보!"

"아버지!"

도착해서 보니 아버지는 우리를 알아보지 못하고 얼굴은 새까맣게 변한 채 혼수상태였다.

"여기엔 의원이 없나요?"

"의원에게 보이긴 했는데 빨리 큰 의원으로 가야 합니다. 병이 워낙 위중합니다."

우리는 급히 들 것을 구해 집으로 향했다. 집까지 오는 동안 아버지는 전혀 의식을 찾지 못하고 신음소리마저 사라져 영락없이 죽어 있는 사람의 모습이었다.

어머니는 수시로 아버지의 맥을 짚었으며 나는 불덩이 같은 아버지의 이마에 손을 얹어 겨우 살아 있는 것을 확인했다.

집에 도착하여 의원을 부르고 온갖 탕약을 끓여 먹여봤지만 아버지의 병세엔 전혀 차도가 없었다. 몸의 움직임도 없다. 의원은 이리저리 진찰을 해보더니 가망이 없다는 듯 고개를 절레절레 흔들며 자리에서 일어나 가버렸다. 병이 이미 시기를 놓쳐서 절망상태에 이르고 말았다.

할머니가 돌아가셨다는 말을 듣고 무리해서 달려오던 아버지는 결국 자신마저 위중한 상태가 되고 말았다. 아내가 혼자 치를

상을 걱정하여 달려온 아버지는 정작 자신의 생명조차 보존하지 못할 지경이 되었다.

어머니는 잇달아 당하는 부모의 상에, 이제 남편의 생명마저 바람 앞에 촛불이 되고 보니 황망하여 넋이 빠져 있었다. 어떻게 당면한 일을 수습해야 할지 모르던 어머니는 이제 천지신명께 기도를 드리는 길밖에 없다고 생각하곤 식음을 전폐하며 오로지 기도에 몰두했다.

그러나 일주일이 지나도록 기도를 했지만 아버지의 상태는 조금도 달라지지 않았다. 그러자 무언가 결심한 듯 어머니는 목욕재계를 하고는 손톱과 발톱을 깎고 장도를 가슴에 품었다. 그리곤 마을 뒷산으로 달려갔다.

나는 황급히 뒤를 따랐다. 어머니의 발걸음이 어찌나 빠르던지 쫓아가지 못할 지경이었다.

어머니가 도착한 곳은 조상의 묘 외증조 할아버지인 최치운의 무덤이었다. 그곳에서 어머니는 가슴에 품었던 장도를 꺼내 상석 위에 올려놓고는 합장하고 울부짖었다.

"하늘이시여! 하늘이시여! 착한 사람에게는 복을 주고 악한 자에게는 벌을 내리는 것이 하늘의 이치이고 착한 일을 하고 나쁜 죄를 짓는 건 사람의 일이옵니다. 아뢰옵건대, 그동안 저의 남편은 지조가 깨끗하여 모든 행실에 모범적인 사람이었습니다. 그리고 아버지의 상을 당하여서는 무덤 곁에 움막을 치고 삼 년 동안 시묘살이를 하며 나물만 먹고 효심을 보였습니다. 하늘이 만약 그 모든 것을 알고 계신다면 응당 선악을 잘 살피실 것인데 어찌하여 이렇듯이 가혹한 벌을 내리십니까? 저와 남편은 한양과 강릉에서 16년 간 떨어져 살면서 각각 자기 부모를 모셨다가 저는 이제 막 부모님을 모두 여의었는데 설상가상으로 남편까지 위독해 만일 또 큰일을 당한다면 세상천지에 홀로 남은 이 몸 장차 어디 가서 누구에게 의탁해야 한단 말입니까? 하늘과 땅의 이치는 하나로서 틈이 없는 것이니 바라건대 하늘이시여, 하늘이시여! 제 사정을 제발 굽어 살피시옵소서!"

그리곤 상석에 놓인 장도를 집어 들더니 당신의 왼손 가운뎃손가락을 내리쳤다.

어, 어머니!

제지할 틈도 없이 순식간에 일어난 일이었다.

잘린 어머니의 왼손 가운뎃손가락에서 피가 솟구쳤다. 어머니는 잘린 손가락 두 마디를 옷고름으로 감싸 쥐고는 다시 하늘을 우러러 기도를 올리기 시작했다.

"저의 정성이 이래도 부족한 것입니까? 신체발부, 몸과 머리카락은 부모에게서 받은 것이라 함부로 훼손해서는 안 된다는 것을 누구보다 잘 알고 있습니다. 그러나 하늘로 삼은 제 남편이 세상을 떠난다면 어찌 홀로 살겠습니까? 원컨대 저의 몸으로 남편의 목숨을 대신하고 싶사오니 하느님, 하늘이시어, 저의 작은 정성을 굽어 살피시옵소서."

그때였다. 어머니의 간절한 기도가 하늘에 통했던 것일까? 마른하늘에 갑자기 구름이 덮이더니 천둥번개가 치면서 엄청난 빗줄기가 쏟아져 내렸다. 오랫동안 가뭄이 들었던 시기에 갑자기 쏟아져 내린 강한 빗줄기였다. 분명 이 비는 남편을 살리려는 여인의 간절한 소망에 감복하여 하늘이 감동의 울음을 터뜨린 것이라고 믿고 싶었다.

나는 가슴이 저리도록 아픔을 느끼고 있었다. 손가락을 자른 어머니의 고통만큼이나 아픔을 느꼈다. 사람이 제 몸뚱이를 가진 것은 부모에게서 받은 것으로 한 몸에서 나누어진 것이다. 그렇다면 한 기운이 연해져 있는 것은 분명하다. 그래서일까, 어머니의 아픔이 전이되어 그 고통의 감각을 나 역시 느끼고 있었다.

"내려가요, 어머니."

나는 어머니를 부축하여 산을 내려왔다. 어찌나 비가 쏟아지는지 어머니와 나는 비에 흠뻑 젖어 있었다. 나는 그 비를 흠모했다. 하늘이 감동하여 울음을 터뜨린 비라면 얼마든지 맞아도 좋을 것 같은 기분이었다. 어머니가 손가락을 자르고 치성을 드릴 때의 우울한 기분에서 많이 벗어나 있었다.

"네 아버지의 병이 꼭 나아야 할 텐데. 아니 어떠한 일이 있어도 반드시 나아야 한다."

"그럼요, 아버진 꼭 나으실 거예요. 어머니의 정성이 이렇게 가득한데 어떻게 낫지 않으시겠어요. 보세요, 하늘도 감동해서 마른 하늘이었던 세상이 갑자기 비를 내리잖아요. 이는 분명 하늘이 어머니의 치성에 감동한 것이 분명해요."

산에서 내려온 뒤 어머니와 우리 딸들은 모두 아버지 곁에 앉아 꼬박 밤을 새웠다.

나도 모르게 새벽녘에 깜빡 잠이 들었다. 아주 짧은 시간이었는데 그 사이 꿈을 꾸었다.

꿈속에서 아버진 죽은 듯 누워 있었다. 그런 아버지를 내가 물끄러미 바라보고 있는데 느닷없이 문 앞이 훤해지면서 하늘이 보이고 그 하늘에서 대추알만 한 크기의 열매가 내려오는 것이었다. 그러자 어디선가 나타난 하얀 수염의 노인이 그것을 받아들고 아버지에게 다가가 아버지의 입을 벌리고 넣어주었다. 나는 순간 그 할아버지가 조상님이란 것을 알았고 아버지 입에 넣어준 열매 그것이 아버지를 살릴 수 있는 명약이라는 것을 조금도 의심하지 않았다.

"할아버지!"

노인을 부르며 다가갔다. 그러나 노인은 홀연히 연기처럼 사라지고 만다. 정말 기인한 일이었다.

나는 잠에서 깨어나 주변을 둘러보았다. 그러나 달라진 것은 하나도 없었다. 어머니도 동생들도 여전히 그 자리에 앉아 아버지를 걱정스럽게 살피고 있었다.

아침이 되었다.

외당숙인 최수몽이 문병을 왔는데 때를 맞춰 아버지가 정신을 차리더니 외당숙에게 이렇게 말한다.

"처남, 내일이면 내 병이 다 나을 것이니 걱정은 말게."

뜬금없는 말이었다.

"그걸 어떻게 장담하십니까?"

최수몽이 놀라 물었다.

"어떤 신인神人이 와서 알려주고 갔어."

그 말을 듣는 순간 나는 깜짝 놀랐다. 그렇다면 간밤 꿈에 나타났던 노인이 지금 아버지가 말한 신인이었단 말인가? 더더욱 놀란 일은 벌써 열흘 가까이 혼수상태에 있던 아버지가 갑자기 정신을 차리고 그렇게 말하는 것이었다.

이 광경을 바라보고 있던 어머니는 뜨거운 눈물을 흘리면서 두 손을 모으고 말했다.

"하느님, 감사합니다. 우리들의 기도를 들어주셔서 감사합니다."

어머니는 연신 하늘에 대고 감사를 드렸다.

"맞아요. 아버지는 분명히 일어나십니다."

다시 깊은 잠에 빠진 아버지를 보며 나는 단정하듯 말했고 그러자 외당숙인 최수몽이 물었다.

"그걸 네가 어떻게 단정하듯 말하느냐? 그럴 만한 무엇이 있었던 것이냐?"

외당숙에게 나는 새벽에 꾸었던 꿈 이야기를 차근차근 소상하게 말했다.

"그런 신묘한 꿈을 네가 꾸었다니 이는 필경 하늘이 감복한 것이다. 네 꿈이 아버지를 살렸구나."

"아네요. 제 꿈이 아버지를 살린 것이 아니라 어머니의 지극 정성이 하늘을 감동시킨 것입니다. 어머니가 손가락을 끊어 아버지를 살려달라고 하늘에 빌었거든요."

"뭐! 손가락을?"

사람들 시선이 일제히 어머니의 왼손에 머물렀다. 어머니의 손에 붕대가 감겨 있었던 것을 모두 다 아버지의 병환에 신경을 쓰느라 알아차리지 못하고 있었던 것이다.

"누님!"

외당숙은 놀란 표정으로 말했다.

"아니, 누님! 지금 인선의 말이 참말입니까? 누님이 정말 매형을 위해 손가락을 끊으셨단 말입니까?"

"별일 아니니 동생은 목소리를 낮추게."

"……!"

다음날 아버지는 기적처럼 일어나 앉았다. 그리곤 어머니가 쑤어 온 미음을 먹었다. 어머니의 도움을 받아 미음을 입에 넣던 아버지가 눈을 동그랗게 뜨고 말했다.

"당신의 손에 감은 그 붕대는 어인 일이오?"

아버지가 어머니의 손에 감긴 붕대를 발견하였다.

"아, 아무것도 아닙니다."

어머니는 얼른 손을 뒤로 감췄다. 그러자 외당숙께서 자초지종을 설명하였다.

"그랬소? 참으로 고마운 일이구려. 당신이 나를 살린 것이구려."

"아닙니다. 살겠다는 당신의 의지가 당신의 병을 낫게 한 것이지요."

남편을 살리기 위해 손가락을 자르고 하늘에 기도하여 결국 남편을 살려낸 이 이야기는 강릉 사람들에게 널리널리 퍼져 나갔고 급기야는 한양 임금의 귀에까지 들어가 나라에서는 이를 후대까지 알리기 위해 1528년 사임당의 나이 25세 때 강릉에 열녀각을 세워 주었다.

내 나이 열여덟 살의 가을은 사는 것과 죽는 것에 대한 생각이 많은 계절이었다. 외할아버지가 돌아가시고 이내 외할머니마저 돌아가시자 나는 죽음이란 무엇인가를 많이 생각하게 되었다. 더구나 아버지마저 죽음의 문턱까지 갔다가 어머니의 간절한 기도로 겨우 살아나면서 그런 생각은 더욱 나를 혼란스럽게 했다. 생로병사에 관한 분분한 생각들이 일정한 간격으로 나타나 나를 괴롭혔다.

"인선아, 참 세상은 앞일을 모른다더니 그 말이 하나도 틀리지 않는구나."

나는 어머니가 왜 내게 그런 말을 하는지 다 알고 있었다. 단순 황망한 일을 당한 사람이 그냥 넋이 빠져나가 하는 소리가 아니었다.

"그래도 어머니가 잘 이겨내셨어요. 다행히 아버지가 병마를 이겨내셨으니 이젠 걱정하지 마시고 마음을 편히 가지세요. 어머니도 건강을 생각하셔야 해요."

"오냐, 그래야지. 언제까지 정신을 수습하지 못하고 살 수는 없지. 그렇게 하마."

아버지가 병에서 회복되자 폭풍이 부는 허허로운 벌판에 섰던 기분에서 우리 식구들은 점차 안정을 찾아갔다.

나의 어머니는 마음이 안정되자 내게 따로 방을 마련해 주어 공부에만 전념케 하였다. 나만의 방을 갖게 된 나는 너무 행복했다. 집중해서 글씨와 그림에 몰두할 수 있었고 그런 환경으로 말미암아 나는 더더욱 빨리 명성을 떨칠 수 있게 되었다.

어느 날 어머니가 나의 방엘 들어와서는 느닷없이 이렇게 말했다.

"이제 너도 학문으로 보나 뭐로 보나 경지에 올랐다. 그러니 당호堂號를 하나 지어야겠구나."

당호는 보통 집의 이름에서 따오는 게 보통이다. 불교에선 도를 훌륭하게 닦은 승려에게 법사가 지어 주는 별호이다. 어머니는 내 학문이 어떤 경지에 올랐다 생각하고 내게 당호 짓기를 적극적으로 권유했다.

"어떤 이름으로 지어야 좋을지 몇 날을 고민해 봤는데 좋은 이름이 떠오르질 않는구나."

"제가 벌써 당호라니요? 부끄러워요. 당호를 가질 정도로 저는 학문이 높지 않아요."

"그렇지 않다. 너는 당호를 가지기에 충분하니 이참에 좋은 당호를 하나 짓도록 하자."

"어머니!"

"그동안 네가 공부하면서 장차 나도 이런 인물이 되고 싶다고 생각한 사람이 있니?"

"……?"

"이다음에 나도 이런 사람처럼 살고 싶다는 그런 인물 말이다."

"있긴 해요. 하지만."

"누구니?"

"중국 주나라를 창건한 문왕의 어머니요."

"태임太任을 말하는구나."

태임은 문왕의 어머니이며 지摯나라 임씨任氏의 가운데 딸로 왕계王季가 맞아다가 왕비로 삼았다. 성품이 단정하며 한결같이 정성스럽고 엄숙하여 오직 덕스러운 일만 행했다. 그리고 임신하면서부터 눈으로는 악한 빛을 보지 않았으며 귀로는 음란한 소리를 듣지 않았고 입으로는 거만한 말을 하지 않았던 것으로 유명하다.

"네, 할 수만 있다면 저는 그분만큼 현명하고 그분만큼 자애롭고 그분만큼 의로운 여인이 되고 싶어요. 특히나 자녀교육에 대한 열정과 신념을 배우고 싶어요."

"그렇다면 애야, 그 분과 연관해서 당호를 하나 짓는 게 어떻겠니? 그게 좋을 것 같구나."

"정히 당호를 짓게 된다면 저도 꼭 그러고 싶어요."

그 후 나와 어머니는 여러 의견을 나눈 끝에 당호를 사임당師任堂으로 정하였다.

"사임당?"

아버지는 정해진 당호를 몇 번 되뇌더니 아주 만족해하면서 말했다.

"아주 좋구나. 사임당, 태임을 본받는다는 뜻의 이 이름은 부르는 어감도 좋고, 뜻도 좋고 아주 훌륭하다. 우리 딸, 신사임당! 정말 좋구나, 나는 아주 만족한다."

"저도 마음에 들어요. 잘 지었다는 생각이 들어요."

"인선아, 당호를 지었으니 그 이름에 걸맞은 인품과 행동을 지녀야 한다는 것을 명심해라."

"네."

이즈음 나는 둘째 외삼촌 세효란 분에게 그림 한 폭을 선물한 일이 있었다. 그런데 몇 달이 지나 외삼촌이 그 그림을 들고 황급히 찾아와 이런 말을 들려주었다.

"인선아, 세상에 참 별일도 다 있구나. 글쎄 장마로 인해 네가 준 그림이 습기를 먹었기에 햇볕에 말리려고 마당에 펴놓았거든. 그런데 닭이 와서 그림을 쪼아버려 이렇게 구멍이 생기고 말았지 뭐냐?"

"왜요? 닭이 왜 그림을 쪼아요?"

"왜긴, 그건 네 그림이 너무 사실처럼 보였기 때문이지. 네가 그린 꽃이나 곤충이 얼마나 사실적인지 닭이 그걸 분간하지 못해 곤충을 쪼아 먹으려다 그렇게 된 거란 말이다."

"믿을 수 없어요."

사임당은 어이가 없어 웃음을 지었다.

"이것 봐라. 곤충을 그린 자리에 구멍이 뚫린 것을."

외삼촌이 그림을 펼쳐 보였다. 정말 곤충이 그려진 자리에 구멍이 뚫려 있다.

"그럼 다시 그려드려야겠네요?"

"그래 주겠니? 그렇다면 다행이구나. 나는 그림이 못 쓰게 되어 얼마나 아쉬워하고 있었는지 모른다."

그리고 또 하나의 사건은, 우리 마을에 혼례잔치가 있어 거기서 벌어진 일이다. 혼례잔치는 마을 전체의 잔치가 되어 나이 든 어른부터 어린아이들까지 잔칫집에 모여 시끌벅적하였다. 그때 잔칫집 일을 돕던 처녀가 실수로 입고 있던 치마에 막걸리를 쏟아 얼룩이 지게 되었다. 그 처녀는 울음을 터뜨렸다. 알고 보니 잔칫집에 오기 위해 비단치마를 빌려 입고 왔는데 그 옷에 막걸리를 쏟아 얼룩지게 했으니 변상을 해야만 해야 할 난감한 처지였기 때문이다.

"어떡해요?"

그녀는 울상이었다.

"그 치마를 내게 벗어 주겠니?"

갑작스런 내 말에 그 처녀는 영문을 몰라 어리둥절해하고 옆에 모여 있던 사람들도 마찬가지였다. 나는 그녀를 안심시키기 위해 웃으면서 말했다.

"걱정하지 마. 내게 좋은 생각이 있으니까. 가서 붓과 벼루를 가져오지 않겠니?"

혼주의 어린 딸에게 부탁하자 사랑방에서 붓과 벼루를 가져왔다. 나는 먹을 갈기 시작했다. 주위에 모인 사람들은 한결같이 대체 무슨 일을 하려는지 궁금한 표정들이었다.

나는 벼루를 다 갈고 먹물을 찍어 얼룩이 진 비단 치마에 그림을 그리기 시작했다.

"어머!"

사람들이 놀라 소리쳤다.

"저걸 어째! 어쩌려고!"

사람들이 비명을 질러댔다.

"어머, 어머!"

얼룩이 진 곳에서부터 붓끝이 놀려지면서 이내 치마에 뚜렷하게 나타나는 그림. 주위에서 이를 지켜보던 사람들이 모두 탄복을 하였다.

얼룩이 졌던 치마엔 포도 덩굴과 잎, 그리고 주렁주렁 매달린 포도송이가 탐스럽게 열려 있었다. 치마를 버렸다는 이야기를 듣고 단숨에 달려온 치마 주인은 그러나 자신의 치마에 그려진 그림을 보더니 만족한 얼굴로 박수를 쳤다.

"나는 치마를 버렸다고 속상해서 달려왔는데 오히려 더 잘 됐네, 잘 됐어!"

이로부터 나는 마을에서 그림을 아주 잘 그리는 사람으로 소문이 나 저마다 나의 그림을 갖고 싶어 했다. 과분한 일이었지만 이러한 일들은 내게 정신적인 안정을 취하게 했고 나를 살려내는 힘이 되었다. 이 바탕에는 전적으로 유교사회에 살면서도 이를 극복해 내어 올바른 인간을 만들어내려는 부모의 힘이 컸다. 자유로운 지성을 갖게 하려는 부모의 트인 인격으로 인해 가능했던 일이다.

조선시대를 지배해 온 유교는 여자들에게는 천형이나 다름없었다. 유교는 공자와 맹자에 의해 발전하였는데 나라에 충성하고, 부모에게 효도하며, 사람들 간에 예의를 지키는 것을 강조하고 무조건 남자가 중심이 되어야 한다는 사상이었다. 그로 말미암아 여자는 삼종지도三從之道라 하여 어려서는 아버지를 따르고, 결혼해서는 남편을, 나이 들어서는 아들의 뜻을 따르는 것이 여자가 지켜야 할 엄중한 도리가 되고 말았다. 여자에게 그보다 더 높은 뜻과 가치는 없었다.

삼국시대나 고려시대엔 남녀가 평등했는데 유교가 들어와 유교의 통치가 강해지면서 여자는 남자를 무조건 따라야 하는 제도가 사회에 퍼져 하나의 통념처럼 굳어졌다. 그럼에도 여성에게 어떠한 교육도 허용되지 않던 시절이었는데도, 여자의 재능이 아무리 뛰어나도 그것을 나타내거나 할 수 없는 시대였음에도 불구하고, 엄격한 가부장제 사회에서 어쩌면 그 재능이 사용되지 않고 버려질 수가 있었음에도 불구하고, 내가 예술적으로 남다른 재능을 나타낼 수 있었던 것은 외할아버지나 아버지 어머니의 넓고 트인 생각이 있었기에 가능한 일이었다.

02

어찌 스님의 눈을 의심하겠습니까?

02

山門에 들어서다

1554년 명종 9년 늦은 봄.

산문 앞에는 한 쌍의 석마石馬가 있었다.

산문에 들어서니 뜰엔 소나무와 잔돌이 깔려 있고 걸을 때마다 발밑에 깔린 잔돌들이 밟히어 사각이는 소리가 들렸다. 한켠에는 장정 서너 명이 팔을 벌려야 안을 만한 우람한 은행나무가 보였다.

은행나무를 지나자 곧 화려하고 웅장한 반야보전般若寶殿이 중심에 반듯하게 서 있었다. 반야보전은 이 절의 중심건물이자 대전이며 높이 1m 정도의 축대 위에 세워진 전각으로, 앞면 3칸

(14.1m), 옆면 3칸(9.4m)으로 되어 있었다. 또 바깥 7포, 안 9포의 두공을 복잡하게 짜 올렸으며, 합각지붕에 금단청을 하였다. 기둥은 위가 약간 홀쭉하게 오므라든 두리기둥이고 네 모서리 두공에는 용머리를 조각하여 내밀게 하였다.

전체의 균형이 잘 잡혀 굵직하고 힘차 무게가 있으면서도 섬세하고 화려한 꾸밈새를 자랑한다. 반야보전 안에서는 향을 피워 파란 연기가 피어올랐고 목탁소리는 귀맛 좋게 울리고 있었다.

율곡은 반야보전으로 들어가 반야, 석가모니와 서방 아미타불과 약사불에게 일일이 절을 하였다.

그때 안색이 불그레한 노스님이 다가왔다. 법명은 보응普應이었으며 금강산과 그 주위를 통틀어 가장 큰 법사인 이 절의 주지스님이었고 방장이었다.

"어서 오시오, 대사. 오랜만이오."

반가운 얼굴을 하며 방장스님이 다가오자 노승은 방장스님께 예를 갖추는 합장을 하였다.

"금강산이 봉래산이고 봉래산이 풍악산이며 풍악산이 개골산일진데 보응은 언제나 보응이오."

"하하, 또 무슨 말씀을 하시려는 게요? 대사께서는 여전하시오."

"세상 어디를 떠돌아봐도 금강산만 한 경치가 없는 것 같소. 이 절은 아마 세상에서 가장 아름다운 곳에 자리한 절집일 거요."

"저도 그 점은 인정합니다. 그런데 대사께선 이번에도 역시 빈

손이 아니시구려."

노승의 옆에 선 율곡을 보며 하는 말이었다.

"글쎄 말이오. 일부러 그러는 것은 아닌데 보응을 만나러 오는 길에는 여지없이 불도가 생기는구려. 예사로운 불도가 아니니 잘 거두어 주시오."

율곡이 방장스님에게 합장한다.

"풍모를 보아하니 예사로운 사람은 아닌 것 같구려."

"하하, 내가 예사로운 사람을 보응께 인도하겠소?"

"어찌 스님의 눈을 의심하겠습니까?"

그리곤 율곡에게 말한다.

"이 스님과 나는 삼세의 숙연과 윤기로 얽힌 도반이라, 그대를 우리 절집으로 인도함은 그저 간단한 인연은 아닐진저, 수행에 게을러선 안 되느니라."

보응의 말에 율곡은 합장하고 예를 갖추는 것으로 대답을 대신했다.

방장스님과 노승이 이야기 실타래를 풀어놓자 율곡은 살며시 일어나 밖으로 나왔다. 그리곤 경내를 돌아보았다. 특히 반야보전을 눈여겨보았다.

반야다라般若多羅는 석가모니의 27대 법손이었다. 그는 일 년에 한 번씩 석가모니의 탄생지인 가비라迦毗羅를 찾아와 부처를 공양하곤 하였다. 그날 아침 참배를 끝내고 축향지국에 들어섰을 때, 멀리 왕궁에 햇덩이같이 붉은 빛이 떠오르는 것을 보았다. 그 빛

위로는 다섯 가지 색깔의 구름이 드리워져 있었다. 반야다라는 뛰어난 인물이 그 왕궁에 있는 것을 알아채고 그를 불제자로 끌어들이려는 생각을 하고 그곳으로 와 종을 울리며 나무아미타불을 외며 서성거리고 있었다. 그때 마침 셋째 왕자 보리다라가 그네를 뛰다가 그의 모습을 보았다. 보리다라는 아버지 향옥왕에게 얼른 달려가 그 사실을 알렸다.

향옥왕은 곧 수행원을 거느리고 왕궁 밖으로 나갔다. 그러자 체구가 우람하고 오관이 단정하며 몸에 진빨강의 가사를 두른 스님이 향옥왕에게 합장을 하자 향옥왕도 스님을 향해 합장을 하였다.

"스님께서 오신 줄도 모르고 죄송합니다. 스님의 법호를 여쭈어도 괜찮겠습니까?"

"늙은 소승의 법명은 반야다라입니다."

"그렇다면 스님께선 석가모니의 법손 마가가섭의 후세 아니십니까? 그런데 어인 발걸음이신지요?"

"제가 가비라에서 아침 참배를 끝내고 돌아가는 길에 이곳을 지나게 되었는데 대왕 전하의 왕궁 상공에 붉은 빛이 떠 있었을 뿐만 아니라 오색의 구름까지 드리워져 있는 것으로 보아 왕궁에 장차 뛰어난 불제자 될 사람이 있다는 것을 알았습니다. 그래서 그 후사를 신도로 받아들이려고 합니다."

"그렇다면 기쁜 일이지요. 자, 왕궁 안으로 드시지요."

향옥왕은 독실한 불교 신자여서 불교 학습을 위해 왕궁 안에 보리궁을 마련해 두고 있었다. 향옥왕은 반야다라를 그리로 모셨다.

보리궁 가운데에는 석가모니 부처가 정중히 앉아 있었고 그 양쪽 옆 책장에는 경전들이 수두룩이 꽂혀 있었다. 반야다라는 무릎을 꿇고 부처에게 큰절을 올렸고, 향옥왕은 반야다라를 정성껏 대접하였다.

보리달마菩提達磨는 남천 축향지국 향옥왕의 셋째 왕자인 서천 스님으로서 석가여래의 제28대 법손이다. 보리달마의 성은 찰제리刹帝利이고 이름은 보리다라菩提多羅이다.

반야다라는 보리다라에게 얼굴을 서쪽 하늘로 향하게 하고 머리를 깎는 예절을 갖추게 하였다. 이제 보리다라 왕자는 불제자가 되었다.

반야다라는 보리다라의 머리를 자른 후 이렇게 말하였다.

"너는 타고난 큰 불도이다. 의지가 굳고 마음이 너그러우니 법명을 '달마達磨'라 지어 주겠노라."

불자에게 법명을 지어 준다는 것은 곧 제자로 받아들인다는 허락이나 다름없다. 보리다라는 황급히 엎드려 반야다라에게 큰절을 올렸다.

반야다라가 입멸하자 달마는 그의 명을 받들어 교리를 전파하기 위해 동쪽으로 와 중국에서 결국 대승교의를 전파하게 된다.

며칠이 지나자 노승이 절을 떠나려 행장을 수습했다.

"스님께선 벌써 떠나시려고요?"

경내를 비질하던 율곡이 말한다.

"바람처럼 왔다가 바람처럼 떠나는 것이 내 수행이라 생각하는 늙은 중이오. 언제나 온 듯 하고 간 듯하지요."

"언제 다시 뵈올 수 있을까요?"

"글쎄요, 인연이 있으면 다시 만나겠지만 기약은 또 다른 번뇌인 것을, 어서 빨리 생사의 번뇌에서 벗어나길 바라오. 번뇌는 곧 보리이고 생사는 곧 열반이며 유희가 인간 세상과 같다고 한 것처럼 그 경지에 이르러야만 진정한 불도가 되는 것이오."

그리곤 홀연히 바람처럼 떠나버렸다.

사임당, 혼례를 하다

1522년 초, 사임당의 나이 19세였다.

사임당의 아버지 신명화는 죽음 직전까지 갔다가 살아났지만 건강상태는 그다지 좋질 않았다. 사임당의 출가를 서두르던 그는 여러 사람들을 물망에 올려놓고 사윗감을 고르기 시작했다.

즈음하여 소문이 흉흉하게 돌던 때였다.

"대궐에서 널리 처녀를 뽑아 올린대요."

이 소문이 퍼지면서 딸 가진 사람들은 중매쟁이도 없이 사위 맞기에 급급해 양반집 규수조차도 대강 시집을 보내는 현상이 벌어지고 있었다. 그러나 명화는 이런 현상에 휘둘리지 않고 차분하게 사윗감을 골랐다.

사임당은 이런 아버지의 정돈된 인격을 믿었고 혼인할 사람이 자신의 적성을 이해해 주고 성심껏 도와줄 사람이기를 바랐다. 그리고 유교의 영향에서 벗어나 여자인 자신도 끝까지 공부할 수 있도록 배려해 주는 마음 넓은 지아비를 만날 수 있게 되기를 빌었다.

어느 날 한양에서 아버지로부터 편지가 왔다.

"덕수 이씨, 고려 중랑장 돈수의 12대 손으로 아버지를 일찍 여의고 어머니 밑에서 혼자 자란 사람이다. 홀어머니 밑에서 혼자 자란 것이 다소 흠이나 외모가 준수하고 성품이 착해 선택하였다."

그리고 말미에 사임당을 생각해서인지 그림을 좋아하는 사람이라는 말을 덧붙였다.

그렇게 편지를 받은 지 약 한 달가량 지났다.

명화가 신랑 될 사람의 사주단자를 짊어지고 온 손님과 함께 강릉으로 내려왔다.

어머니 이 씨가 대청마루에 깨끗한 새 돗자리를 깔고 사주단자를 받았다. 그리고 동심결로 맺은 매듭을 풀고 사주봉투를 열어보니 신랑은 사임당보다 세 살이 많은 사람이었다.

사임당의 어머니 이 씨는 남편과 혼인 날짜를 잡고 연길涓吉이라고도 하는 택일단자와 편지를 써서 사주단자를 들고 온 손님을 통해 한양의 이원수 집으로 보냈다. 사주를 가져온 사람을 푸짐한 주찬으로 대접하고 후한 노자를 주어서 보낸 것은 물론이다.

"이제 네 혼인은 결정됐다. 그러니 이제부터 여자의 몸가짐을 더더욱 단정히하고 마음의 준비를 해라. 네 혼인이 결정됐으니 어미로써 이 말은 꼭 해야겠다."

사임당은 자세를 바르게 하고 어머니 이 씨가 당부하는 말을 들었다.

"남편은 곧 아내의 하늘이다. 그러니 예로써 마땅히 공경하고 섬기기를 부모에게 하듯 해야 할 것이다. 자기 몸을 낮추고 뜻을 낮게 하며 오직 순종해야 하는 것을 알고 감히 남편의 뜻을 어기지 말아야 한다."

"네, 어머니."

"남편의 직분은 마땅히 높여야 하고 자신의 직분은 필히 낮추어야 한다. 남편에게 허물이 있으면 완곡한 말로써 이를 지적하되 순한 말로 해야 하고 설령 남편이 그 말을 듣고 화를 내면 그 화가 풀릴 때까지 기다렸다가 허물이 고쳐질 때까지 계속 말해야 한다. 부부란 적籍을 두고 함께 늙어가는 것이다. 시집에 허물이 있으면 이것을 친정 부모에게 고하지 말고 시집에 꼭꼭 묻어두어야 한다. 한 집안이 평안하려면 화목함과 순종함이 최고며 오로지 공경함에 있다는 것을 늘 염두에 두고 마음에 새겨두기를 어미는 바란다."

"혼례를 앞두었을 때 어머니의 마음은 어떠셨어요?"

"글쎄다, 지금 네 마음과 같지 않았겠니? 비슷했을 게다."

사주단자가 오고 택일단자가 보내져 혼례가 성립되었지만 사임당은 실감이 나질 않았다. 신랑의 얼굴은 어떻게 생겼으며 홀로 되어 살아간다는 시어머니는 어떤 모습이며 성품은 어떠한지, 그리고 시가의 가풍은 어떻고 결혼하면 살아가야 할 한양 땅은 어떤 모습인지 궁금한 게 한두 가지가 아니었다.

초가을 청명한 날씨였다.

하늘엔 구름 한 점 없었고 한적한 북평촌의 시골마을엔 최 참판 댁 증손녀 사임당 신인선의 혼례가 준비되고 있었다.

마을 사람들은 아침 일찍부터 찾아와 여자들은 갖가지 음식을 준비하고 남자들은 초례청을 준비하였다. 마당 한가운데 멍석이 깔리고 마당 한쪽에다 차일을 치고 여덟 폭 병풍을 내다 치자 잔치 때면 사용되는 대례상이 옮겨 놓아졌다. 그리곤 대례상 위에 촛대와 초를 꽂고 여러 필요한 물건들을 올려놓았다.

오시午時가 되자 기럭아비의 인도로 신랑이 입장하면서 혼례식이 시작되었다.

신랑은 사모관대를 차려입고 동쪽에 서 있었으며 신부는 원삼 족두리를 차려입고 서쪽에 서 있었다. 신랑과 신부는 들러리의 도움을 받으면서 진행자의 진행에 따라 혼례의식을 치른다.

먼저 신부가 한삼汗衫으로 얼굴을 가린 채 들러리의 부축을 받고 신랑을 향해 두 번 큰절을 하자 신랑은 답례로써 한 번 절을 한다. 그런 다음 신부가 술을 따라 신랑에게 건네 보내고 신랑은 다시 술을 따라 신부에게 건네 보내는 등 그저 신랑 신부는 들러리가 하라는 대로 하면 되었다.

"신랑이 잘생겼군."

"신부는 어떻고? 곱고 예쁘잖아."

"천생연분인 것 같네."

잔치에 모인 동네사람들은 집안에 빽빽하게 서서 흥미롭게 신랑 신부를 바라보며 혼례에서 벌어지는 실수를 발견하면 맘껏 폭소를 터뜨리며 즐거워한다.

혼인이 끝나자 잔치가 시작되었다. 동네 사람들 중에 연세가 높으신 어르신은 방안에 모시고 그보다 어리거나 한 사람들은 대청이나 마루에서 음식과 술잔을 나누었다.

저녁때가 되어 모든 잔치가 끝났다. 그렇게 떠들썩하던 집안이 한층 고요해졌다. 문풍지를 뚫고 신랑 신부가 신혼 첫날밤을 보내는 장면을 보려는 짓궂은 장난의 수런거림만 뺀다면 세상은 그저 조용할 뿐이다.

얼굴도 모르는 남자와 혼례식을 치르고 첫날밤을 보내고 나니 하루 사이에 사임당은 내가 아닌 전혀 다른 사람이 존재하는 것처럼 느껴졌다. 그러나 신랑은 별다름 없어 보였다. 행동이 매우 자연스러웠고 부모님이나 동생들을 대하는 것도 마치 오랫동안 함께 알고 지내던 사람처럼 보였다.

그러나 이런 것들이 사임당의 눈에는 좋게 보이질 않았다. 넉살이 좋은 것은 흉이 될 수 없으나 남자가 무게감이 없어 보였으며 행동이 경박해 보였다. 하지만 순박한 면이 보이기도 하는 그런 사람이었다. 그러나 어떤 사람이든 이제 나의 지아비로 받아들여야 하고 결점이 있으면 고쳐나가면 된다고 생각해 너무 깊이 생각하진 않았다. 다만 생전 처음 받아들인 남자의 느낌이 지워지지 않아 부끄러워 남편의 얼굴을 똑바로 볼 수 없었다.

며칠이 지나면서 남편 원수는 아내 사임당이 보통 사람이 아니라는 것을 알았다. 익히 학식이 높고 그림에 능한 사람이란 말은 들었지만 생각보다 훨씬 높은 수준임을 알고는 아내를 대하는 태도가 신중해지기 시작했다.

"세상에, 이 그림 모두가 당신이 그린 그림이란 말이오?"

원수는 아내의 곁에 놓아둔 많은 경전보다 그림에 더 많은 관심을 보였다.

"아직 세상에 드러낼 수준이 아닙니다."

"나는 그림에 대해 문외한이지만 당신의 그림엔 모든 것이 살아 있어요. 초충 그림의 풀벌레, 매화, 꽃, 포도 등 모두가 살아 있단 말이오."

그는 사임당의 그림을 연신 들추어보며 감탄을 금치 못했다.

"과찬이십니다. 거기엔 습작도 섞여 있습니다."

"내 눈엔 어느 것이 습작인지 아닌지 분별이 되지 않아요. 정말 이 정도일 줄은 꿈에도 생각질 못했소. 한양에 올라가면 당신의 재능이 빛을 볼 수 있도록 내가 힘닿는 데까지 도울 것이니 마음 놓고 그림을 그리도록 하시오."

사임당은 남편의 말에 감격했다. 자신이 하는 일을 이해해 주는 그런 남편이길 바랐었는데 그 바람이 충족될 수 있을 것 같아 기쁘고 감사했다.

사임당은 남편과 함께 경포호수와 바닷가를 산책하며 많은 이야기를 나누었다. 이야기를 나누는 중에 남편의 학식이 그리 높지 않다는 것을 알았지만 남편의 성품이 좋고 자신의 일을 이해해 주는 사람이라 만족했다. 학식은 이제부터라도 공부해 업을 쌓으면 될 것이고 평생 공부해야 하는 것이 학문이라면 지금도 늦은 것이 아니라는 생각이었다. 그래서 흉이라고는 조금도 생각하지 않았다.

이렇게 시간을 보내는 사이 어느새 혼례를 치른 지 한 달이 훌쩍 지나고 있었다. 이제 사임당은 남편을 따라 시댁으로 가야 했다. 이른바 우귀于歸라고도 하는 신행新行을 하는 것이다.

풍습으론 신방을 차린 뒤 신랑은 아내를 친정에 두고 갔다가 몇 차례 재행을 한 뒤 신행을 해야 했지만 한양과 강릉의 거리가 멀어 그냥 처가에 머물다 함께 '달묵이' 로 신행을 정했다. 달묵이란 한 달을 넘겨 신행을 할 때 이르는 말이다.

"여자는 밖에서 하는 말이 문지방 안에 들어오지 않게 해야 하며 안에서 하는 말이 문지방 밖으로 나가지 않게 해야 한다. 여자가 시집을 갔으면 커다란 연고가 없는 한 친정의 문에 들어서지 않으며 시집 귀신이 되어야 한다."

친정어머니 이 씨는 신행하기에 앞서 딸에게 다시 한 번 당부의 말을 잊지 않았다.

신행할 날이 다가오자 명화는 걱정이 앞섰다. 자신도 한양으로 떠나야 하고 딸과 사위마저 떠나면 아내는 세 딸과 이곳에서 지내야 하는데 그것이 걱정이었다. 더구나 부모 모두 황망 간에 연이어 돌아가시고 자신마저 죽을 위기에 처했을 때 손가락을 자르고 남편이 살아나길 기도한 후유증이 아직 온전하게 회복되지 않았던 터라 더욱 걱정이었다.

부인 이 씨는 묵묵히 신행에 보낼 선물을 준비하고 아무렇지도 않게 태연한 것처럼 보였다. 하지만 명화는 지금 부인 이 씨의 마음이 어떤지 잘 알고 있었다. 사임당과 여전히 함께 살고 싶었지만 그럴 수 없음을 안타까워하고 있다는 것을 어찌 모를 것인가.

"부인, 나와 이야기 좀 합시다."

명화는 부인과 함께 방으로 들어와 앉았다.

"이제 인선이와 사위가 신행을 가고 나 역시 한양으로 떠나야 하는데 부인 혼자 아이들과 살아갈 것을 생각하니 발걸음이 떨어지질 않소. 장인 장모 모두 돌아가시고 부인께서 아이들과 살아가야 할 일이 걱정이오."

"어쩌겠어요, 그래도 받아들이고 살아야지요. 그렇다고 여기서 마냥 살 것은 아니고 정리가 되면 당신을 따라 한양으로 올라가야지요."

"터전이 있고 아이들도 아직 어리니 한양으로 간다는 게 어디 그리 쉬운 일이겠소?"

이 씨의 표정은 어두워져 갔다.

"내가 사위한테 부탁을 한 번 해볼까 하는데 당신의 생각은 어떻소?"

"어떤 부탁을요?"

"신행을 몇 달만이라도 늦추어 줄 수 없겠느냐고 말이오."

"택일까지 하고 떠나는 것인데 그게 가능할까요?"

이 씨도 내심 그랬으면 하는 마음 굴뚝같았다. 하지만 쉽게 될 수 있을 것이라고는 생각하지 않았다.

"안 될 것도 없다는 생각이오. 옛날엔 신랑이 장가 들면 의당 처가살이를 하지 않았소?"

"그건 옛날 풍습이었지 지금의 풍속은 아니잖아요. 더구나 사위는 홀어머니를 모시고 있는데 아마 안 될 거예요. 기대하지 말고 순리대로 진행하세요."

"안 되면 어쩔 수 없는 일이지만 얘기는 한번 해보겠소. 술상을 준비해 주시오. 사위와 함께 술을 마시면서 기회를 한번 살펴 말을 꺼내보리다."

명화는 자리에서 일어나 사위 원수를 불러 술자리를 함께했다.

"한잔 하게나."

"네, 아버님"

원수는 신행을 떠나야 하는 그런 아쉬움을 달래려고 마련한 술자리라 생각하곤 장인의 술잔을 받았다.

"그래, 이제 신행을 떠나야 하는데 기분이 어떤가?"

"저의 어머님께 훌륭한 며느리를 보여드리게 되어서 기쁩니다. 몹시 기다리실 겁니다."

"그러겠지. 암, 그러겠지 어찌 안 그러시겠는가?"

명화는 하고자 하는 말을 차마 하질 못하고 연신 술잔을 기울였다. 이를 눈치 챈 사위는 잠시 장인의 얼굴을 살피곤 말했다.

"장인어른, 혹시 제게 무슨 하실 말씀이라도 있으신지요?"

"하, 할 말은 무슨……."

"하실 말씀이 있으신 것 같은데 말씀해 보십시오. 사위도 자식입니다. 못 하실 말씀이 어디 있겠습니까?"

"글쎄, 말하기는 해야 되겠는데 염치가 너무 없을 것 같아서."

"염치라니요?"

"이보게 사위, 우리 딸을 신행 보내야 하는 것은 정한 이치이나 지금 우리의 사정을 보면……."

명화는 술잔을 들어 술을 단숨에 입에 털어 넣었다.

"……나도 이제 한양으로 올라가야 하고 그러면 자네 장모 혼자 어린 딸들을 데리고 살아야 하네. 자네도 알다시피 장모가 연달아 일을 당하면서 건강이 그리 좋지 않다는 걸 잘 알 걸세. 자네가 우리 딸을 데리고 가게 되면 자네 장모는 분명 병이 나 몸져 누울 것은 뻔한데 이를 어떡하면 좋겠나? 걱정이 되어 잠을 이룰 수 없을 지경이네."

"저도 사실은 그것이 걱정이 되었습니다."

"그래서 말인데 신행을 한 일 년만 늦추면 안 되겠나? 그것이 길면 반 년만이라도."

"……!"

원수는 장인의 말에 선뜻 대답할 수가 없었다. 이러지도 저러지도 못하는 형편에서 판단을 내리지 못하고 있었다.

"부탁일세. 그리 길지는 않을 테니 허락하게나."

명화의 말은 간절했다. 잠시 생각에 잠기던 원수가 고개를 끄덕였다.

"……예, 알겠습니다. 그렇게 하지요. 장인어른의 뜻대로 하겠습니다. 저희 어머님께는 제가 잘 말씀드려서 조금이라도 오해가 없도록 하겠습니다."

"그게 정말인가? 고맙네, 고마워."

"아버님, '해묵이' 라는 것도 있잖습니까? 그렇게 생각하면 됩니다."

해묵이란 해를 넘겨 신행하게 됨을 말한다. 해묵이를 하게 되면 자녀를 출산하여 자녀와 함께 시가에 가는 경우가 있는데 이를 두고 하는 말이다.

명화는 이를 즉시 부인 이 씨와 사임당에게 알렸다. 이 씨 부인은 눈물을 흘릴 정도로 기뻐했고 사임당도 어머니를 계속 모실 수 있게 되어 기뻤다. 그러나 한편으론 출가한 여인으로서 지아비를 두고 시어머니를 모셔야 할 며느리로서 도리가 아님을 알고는 착잡한 심정을 떨구진 못하였다.

사실 고려시대를 거쳐 조선중기까지 결혼을 바탕으로 한 가족문화는 여성의 거주지 중심으로 움직였다. 때문에 사임당과 그의 어머니인 이 씨 부인이 친정 쪽에서 거주하는 것이 특별한 일은 아니었다고 볼 수 있다. 그런 시대에서 자연스럽게 벌이진 일이기도 했다.

사임당은 남편을 보내면서 시어머니께 편지를 썼고 자신이 그린 그림 몇 점도 선물로 보냈다.

어머님께 아뢰옵니다.

신행을 마치고 어머님께 며느리로서 큰 절을 올려야 함에도 부득이 얼마간의 시간을 늦추게 되어 송구한 마음입니다. 친정의 사정입니다만 어머니의 건강이 여의치 않아 잠시 돌보지 않으면 안 될 사정이옵니다. 너그러우신 마음으로 받아들여 주신다면 하루 빨리 수습하고 올라가 어머님을 지극 정성으로 모시겠습니다.

그렇게 남편과 아버지가 한양으로 떠나고 난 뒤 사임당은 어머니 이 씨의 건강을 챙기면서 동생들을 돌보고 가정의 살림을 도맡았다.

아버지 돌아가시다

날씨가 쌀쌀해졌다.

가을걷이를 끝내고 긴 겨울을 날 김장도 서둘러 끝냈다. 시래기를 말리려 무청을 새끼에 매달아 추녀 아래 걸어두었고 무는 밭에 구덩이를 파 겨울에도 얼지 않도록 단단히 해두었다.

강릉의 겨울바람은 동해의 바다에서 불어와 매섭고 찼다. 그 바람은 높은 설악의 대관령 고개를 넘지 못하고 그 아래 북평촌을 떠돌다 그대로 머물러 있어 다른 관서지방이나 내륙의 지방들과의 기온 차가 컸다.

해거름이 짧아져 일찍 저녁을 먹고 호롱불 밑에서 사임당은 책을 읽었다. 그러나 글이 눈에 들어오지 않았다. 혼례를 치르고 한 달 정도 함께 산 남편이었지만 벌써 남편이 그리워지기 시작한다. 이를 떨치려 호롱불을 끄고 자리에 누웠다. 그리곤 조용히 눈을 감았다.

원수와 사임당은 잔잔한 파도가 밀려오는 바닷가를 걷고 있었다.

발에 밟히는 모랫살이 부드러웠다.

혼례를 치른 지도 어느새 일주일가량 되었다. 아직 낯섦이 있지만 그나마 남편 원수의 밝고 명랑한 성격 때문에 많이 가셔 있었다.

"당신을 만나 부부의 연을 맺고 이렇게 함께 걷는다는 것이 참 꿈만 같으오."

"……."

"혼례를 치르기 위해 한양에서 내려오면서 과연 내 아내 될 사람은 어떤 사람일까, 얼마나 궁금했는지 몰라요. 당신은 지아비 될 내가 어떤 사람인가 궁금하지 않았소?"

"……."

"궁금했을 거요. 어찌 궁금하지 않았겠소? 보니 어땠소, 실망하지 않았소?"

"……."

"실망했더라도 실망을 거두시오. 이젠 되돌릴 수 없는 지아빈데 안 그렇소?"

문답은 원수 혼자서 다했다. 사임당은 묵묵히 남편의 옆에 보폭을 맞추고 아직 가시지 않은 낯섦을 차분하게 받아들이고 있었다.

"인연을 나는 소중하게 생각하오. 세상에 인연 없이 이루어지는 건 하나도 없지요. 그것이 더구나 부부의 인연이라면 말할 것도 없고요. 불교에서 말하는 인연은 억겁의 세월이 지나고서야만 얻어지는 것이라 합니다. 겁이라 하면 사방이 15킬로미터나 되는 곳간에 겨자씨를 가득 채우고 100년에 그 겨자 한 알씩 꺼내어 그 겨자씨가 하나도 없을 때까지의 세월을 말하는데 그러함에도 겁의 억이나 되는 그 하많은 세월이 지나서야 인연을 가지게 된다면 그 인연의 소중함은 설명이 필요 없지 않겠소? 그 소중한 인연을 받들어 부족하지만 당신의 남편으로써의 소임을 다하겠소."

사임당은 가던 길을 멈추고 고개 들어 원수를 바라봤다. 비로소 남편의 얼굴을 확연하게 볼 수 있었다. 사임당은 남편이 말한 그 인연의 소중함에 머리 숙였다.

인연因緣.

억겁이라 했던가.

세월이 그렇게 흘러야만 서로에게 닿을 수 있는 소중한 것인가?

인선은 남편의 손이 어깨에 얹히자 조용히 눈을 감았다.

"나는 당신과의 혼례를 앞두고 내가 남편으로서 어떻게 살아야 할 것인가를 진지하게 생각해 보았소."

사임당은 여전히 듣고만 있었다.

"당신의 지아비로서 어떻게 해야 할 것인가는 생각해내지 못하였지만 확실한 것은 당신에게 충실한 사람이 되겠다는 것이오. 장차 태어날 아이들에게는 물론이고요."

"고맙습니다."

사임당은 그렇게 말했다.

그해 겨울이었다.

12월 보름께 한양으로부터 낯선 사람이 찾아왔다.

그런데 머뭇머뭇했다. 그의 입은 강릉 바닷바람에 얼어붙은 듯했다.

"저어……."

잘 들리지 않는다. 모기 소리보다 더 작았다. 그를 대하는 이 씨와 사임당에게 불안감이 엄습했다.

"신명화 공께서……."

그만. 다음의 말은 너무 불길하여 제지하려는 찰나, 하지만 그 사람이 말했고 그가 전하는 소식은 청천벽력과 같은 것이었다. 뇌성이었다.

"지난 초이렛날 돌아가셨습니다."

그 말이 끝나자마자 이 씨는 쓰러져 정신을 잃었다.

"어머니, 어머니!"

사임당은 동생들과 함께 실신한 어머니를 부축해서 방으로 들어와 눕혔다.

"급히 와서 알린다고 한 것이 오늘입니다. 눈이 얼마나 많이 내려 쌓였는지 대관령을 넘는데 시간이 많이 지체되었습니다."

신명화는 그러니까 12월 7일 세상을 떠났고 강릉에 이 소식이 전해졌을 무렵은 그의 장례는 물론이고 삼우제까지도 모두 끝났을 때였다.

"이게 무슨 일이냐, 이게 무슨 청천벽력과 같은 소리란 말이냐!"

이 씨는 한참 만에야 눈을 뜨고 통곡을 시작하였다. 그제야 아버지가 돌아가셨다는 사실을 깨닫고 사임당과 동생들도 함께 통곡하면서 집안은 대번에 울음바다가 되고 말았다. 이 씨는 하루 종일 통곡하다 실신하다를 반복하면서 진저리를 쳤다.

"내 운명이 기구하구나. 어떻게 해서 살려낸 생명인데 이렇게 허망하게 세상을 떠나신단 말이냐. 세상에 이런 야속한 양반이 어디 있느냐?"

이 씨는 혼잣말처럼 뇌까렸다. 한숨 섞인 목소리에 힘이라곤 하나도 담겨 있지 않았다.

"어머니."

사임당은 어머니의 손을 힘주어 쥐면서 울음을 멈추었다. 자신이라도 정신을 수습해야만 했다. 그러지 않으면 어머니마저 잃을지도 모른다는 불안감이 있었다.

"나 좀 일으키거라."

이 씨 부인은 사임당의 힘에 의지하여 자리에 앉았다.

"세상에 이럴 수는 없는 일이다. 나 혼자 어떡하라고, 어떻게 살아가라고 먼저 세상을 떠나갔단 말이냐."

이 씨 부인은 머리를 풀어헤치더니 흐느끼기 시작했다. 흐느낌은 점점 커졌고 어머니의 울음소리만큼 사임당과 동생들은 다시 울기 시작했다. 세상이 무너져 내릴 만큼 아주 큰 통곡이었다.

한양에서 온 사람의 말에 의하면, 명화는 사임당의 혼례를 마치고 한양에 올라와 시름시름 앓기 시작했다. 그러더니 급기야 피를 토하면서 졸지에 숨을 거두었다. 이때 신명화의 나이 마흔일곱 살이었다.

"장례는 어떻게 했습니까?"

"예, 사위 분께서 치른 것으로 압니다. 아마 삼우제까지도 사위 분께서 다 마치셨을 겁니다."

남편의 장례도 치르지 못한 이 씨 부인은 몇 날을 두고 슬픔에 잠겨 식음을 전폐했다. 사임당이 연신 미음을 쑤어 왔지만 입을 벌리지 않고 정신 나간 사람처럼 멍하니 허공만 바라보고 있었다.

그렇게 며칠이 지나 명화의 신위神位가 사위 원수에 의해 한양에서 모셔졌다.

사임당은 정성껏 방 하나를 치워 궤연(几筵 죽은 사람의 영궤와 혼백, 신주를 모셔두는 곳)을 마련하고 어머니와 동생들과 함께 소복을 입고 제단 앞에 향불을 피웠다. 그리곤 네 번 절을 하고는 또 통곡하기 시작했다.

그로부터 사임당은 영위 앞에 항상 따뜻한 메를 조석으로 올리고 정성을 다했다. 그러면서 쇠약해진 어머니를 대신해 가정살림을 맡고 동생들을 돌보았다.

원수는 이런 사임당의 주위를 맴돌며 그저 하릴없이 지내고 있었다. 그렇게 세월을 낭비하는 남편에게 사임당이 말했다.

“여기도 이제 어느 정도 정리가 되었습니다. 그만 한양으로 올라가시죠?”

“이런 상황에서 날보고 어찌 한양으로 가란 말이오. 장인어른께서 돌아가신 지 얼마나 됐다고 그러시오?”

한양으로 가라는 말이 사임당의 입에서 튀어나올까봐 항상 불안해하고 있었던 원수는 급히 손사래를 쳤다. 이는 더 이상의 말을 하지 말라는 행동이었다.

“여보.”

“아무 말씀 하지 마시오. 당신은 정리가 다 되었다고는 하나 내가 보기엔 그렇지 않소. 전부 여자뿐인 이 집을 남자인 내가 당분간은 지키고 있어야 한단 말이오.”

“당신의 마음은 알겠습니다. 그러나 지금 당신께서 하실 일은 없습니다. 그러니 한양으로 올라가 하던 공부를 계속 하도록 하세요. 그게 옳을 듯싶습니다.”

“나 원 참, 그놈의 공부가 뭐라고 맨날 공부, 공부한단 말이오. 내 나이가 몇인데.”

“공부는 때가 있다고 합니다만 그건 옳은 말이 아닙니다. 죽을 때까지 쉬지 않고 해야 하는 것이 공부이옵니다. 그러지 않으면 공부했다고 말할 수 없습니다. 공부할 때를 놓쳤다면 밤잠을 자지 않고 더 노력해서 따라가면 됩니다. 학식이 있어야 남들로부터 업신여김을 받지 않고 존경을 받을 수 있는 것입니다."

"그거야 그렇소만 상황에 따라 다른 것 아니겠소?"

"제 지아비로서, 장차 태어날 우리 아이의 아버지로서 인품을 갖추시려면 공부를 하셔야 합니다. 제발 저의 청을 들어 그렇게 하세요."

사임당은 남편을 훌륭한 사람으로 만들겠다는 결심이 있었기에 한시라도 시간을 허비하게 할 수 없었다.

"부인."

"말씀하세요."

"나는 공부가 적성에 맞질 않아요. 공부가 싫은 걸 어쩌란 말입니까? 달리 살아갈 방도를 찾는 것이 좋지 않겠소?"

"제가 지금 당신에게 공부를 해 벼슬을 얻으라는 것으로 보이십니까? 물론 가족을 부양하려면 돈도 필요하고 벼슬도 필요하겠지요. 하지만 지금 곤궁하다 해도 굶을 정도는 아닙니다. 그러니 하지 못한 공부를 하시라는 것입니다. 세상에 공부를 좋아하는 사람은 없습니다. 부끄럽지 않은 지아비로 장차 존경받는 아버지가 되시려면 싫으셔도 해야만 합니다. 그러니 한양으로 올라가서 학문에 정진하도록 하세요."

"……알겠소."

원수는 부인의 결심을 되돌릴 수 없다는 것을 알아차리곤 체념하듯 말했다.

"억지로 하는 대답이 아니라 꼭 실행하셔야 합니다. 그러지 않으면 강릉에 발걸음을 하지 못하시게 하겠습니다."

"알겠소. 올라가라 하니 올라가겠소. 하지만 며칠만 더 있도록 해주시오."

원수는 며칠만이라도 더 강릉에 머물고 싶어 말했다.

"안 됩니다. 당장 행장을 수습하고 떠나세요. 며칠 늦게 가신다고 달라질 것이 없습니다. 시간만 더 허비할 뿐입니다."

"참으로 야박하고 서운하구려."

"죄송합니다. 다 제 남편을 위하고 장차 태어날 우리 아이를 위하는 일이니까 섭섭하시더라도 용서하세요."

사임당의 단호함에 원수는 다음날 아침 일찍 북평촌을 떠나 한양으로 향했다.

"얘야, 너무 야멸차게 보내는 것 아니냐?"

지켜보고 있던 어머니 이 씨가 서운한 표정으로 사위의 뒷모습을 바라본다.

"어쩔 수 없습니다."

"사위에게 미안하구나. 이렇게 추운 날, 아무리 생각해도 잘못한 것 같다. 날씨가 풀려 따뜻한 봄날 보냈으면 좋았을 걸 그랬다."

"이러는 저도 마음이 좋질 않습니다. 그러나 이렇게 하지 않으면 언제까지 마냥 머물러 있으려 할 것입니다. 그때 가서도 달라지지 않아요."

"서운하고 미안해서 그러지. 니 아버지 장례를 치르느라 얼마나 애썼니?"

"그건 알지만, 그건 그것이고 이건 이것입니다. 제가 꼭 훌륭한 지아비로 만들 것입니다."

"그렇게 된다면야 더할 나위 없지. 아니 그렇게 되어야지. 대장부가 세상에 태어나 쓸모없는 사람이 되어선 안 되지. 높은 벼슬자리 꿰차진 못하더라도 학문을 어느 정도 갖추어야 사람 구실을 하게 되는 것이거든."

"들어가세요, 어머니. 날씨가 춥습니다."

남편의 모습이 동구 밖에서 사라져 보이지 않자 사임당이 어머니의 손을 잡고 집으로 들어왔다.

남편을 그렇게 한양으로 보낸 후 사임당은 그림 공부와 학문에 몰두하였다. 시간이 지나면서 어머니 이 씨의 심신도 점차 안정이 되어 가는 모습이 보였고 이 씨는 스스로 가정의 일을 꾸리며 어떻게 해서든 딸 사임당에게 많은 시간을 내주어 공부에 전념하도록 배려를 아끼지 않았다.

사임당은 어머니와 함께 단 한 번도 거르지 않고 아버지에게 따뜻한 메를 올리고 초하루와 보름이 되면 삭망朔望 예를 지냈다.

사임당은 아버지의 삼 년 상을 치러야 해서 어쩔 수 없이 한양 시가로 가는 것을 늦추어야 했다. 물론 시어머니 홍 씨의 허락이 있었고 남편도 이를 승낙한 일이기도 했다.

그러던 어느 날이었다.

사임당은 저녁을 먹다가 욱하고 토할 것 같아 숟가락을 놓았다. 이를 지켜본 어머니가 말했다.

"너, 지금 입덧하는 것 아니냐?"

"욱! 욱!"

사임당은 손으로 입을 막고 연신 욱지거리를 해댔다.

"그래, 임신이로구나. 임신이야!"

"……!"

사임당은 어머니 말에 눈을 크게 뜨고 놀랐다.

"드디어 네가 아이를 가졌구나. 아이를 가진 것이 틀림없어."

이 씨는 사임당의 손을 잡으며 기뻐했다.

"이서방이 이 사실을 알면 얼마나 기뻐할까? 어서 이 사실을 한양에 알리도록 해라."

"아직 확실하지도 않잖아요? 확실해진 다음에 연락을 해도 늦지 않아요."

"내 경험으로 미루어 틀림없는 임신이다. 이제부터 각별히 몸 조심하거라. 태임이 아기를 가지고서 눈으론 악한 것을 보지 않고 귀로는 나쁜 소리를 듣지 않으며 입으로는 착한 말만 한 것처럼 너도 몸가짐을 그렇게 해야 한다."

임신? 아이를 가졌으면, 그렇다면 내가 이제 엄마가 된단 말인가?

"제가 아기를 가진 게 정말 확실한가요?"

"확실하다니까 그러는구나. 인선아."

"네, 어머니."

"옛날에는 아니 지금도 마찬가지다만 여자가 임신하면 잠잘 때는 옆으로 눕지 않고 앉아도 한쪽 가에 앉지 않으며 서도 비스듬히 서지 않고 나쁜 음식을 먹지 않았다. 또한 반듯하게 자른 것이 아니면 먹지 않고 자리가 반듯하지 않으면 앉지 않으며 밤이면 시경을 외우며 바른 말로 태교를 했단다. 알겠니?"

"네."

"그렇게 해서 태어난 아이는 그렇지 않은 아이보다 형용이 단정하고 재주와 덕이 남보다 뛰어나다는 것이 옛사람들의 경험이다. 마음에 받아들이는 느낌을 항상 온전히 해야 한다."

사임당은 밖으로 나와 고개를 들고 달빛을 바라봤다. 밝고 환한 보름달이었다.

내가 어머니가 되다니!

감격스런 일이었다. 표현하지 못할 기분이 전해져 온다. 그 기분을 만끽하면서 자신의 배를 슬그머니 만져본다. 미소가 얼굴에 번진다.

사임당은 아이를 가지고서 태교에 많은 신경을 썼다. 어머니 말대로 악한 것을 보지 않았고 나쁜 소리를 듣지 않았으며 누구에게든 공손하고 예의 바른 태도를 잃지 않았다.

얼마 후 원수가 부인이 아이를 가졌다는 소식을 듣고 한걸음에 강릉으로 내려왔다.

"당신이 아이를 가졌다는 소식을 듣고 한걸음에 달려왔소. 아이를 가졌다니 그게 사실이오?"

"네, 사실인 듯합니다."

"하하, 경사요, 경사! 경사고말고!"

원수는 어린애처럼 기뻐했다.

"이왕이면 떡두꺼비 같은 아들을 낳으시오, 아주 건강한 아들을 말이오!"

원수의 목소리가 높자 사임당은 얼른 제지한다.

"목소리를 좀 낮추세요. 온 동네에 소문나겠어요."

"소문이 나면 어떻소? 이런 경사는 소문을 내야 한단 말이오!"

남편의 목소리는 오히려 더 커졌다.

"하하 정말 기뻐서 미칠 것 같소. 내가 어떻게 하면 좋겠소? 당신을 어떻게 하면 도울 수 있겠소? 당신이 하라는 대로 내 다 하리다."

"다 필요 없습니다. 저를 돕는 일은 오직 당신이 열심히 학문을 닦는 일입니다."

"또 그 학문 타령이오?"

"지금 학문 타령이라 하셨습니까?"

사임당의 목소리가 싸늘해졌다.

"아, 아니오. 내가 그동안 한양에서 얼마나 열심히 글공부를 했는지 아시오?"

"당연히 그러셔야지요. 제가 보질 않는다고 게을리해선 안 됩니다. 머지않아 당신도 이제 아이 아버지가 되십니다. 아이 아버지가 되신다고요."

"알겠소. 떳떳하고 훌륭한 아버지가 되도록 노력할 테니 염려 마시오."

"이제 곧 아버지 삼 년 탈상을 하게 됩니다. 한양으로 올라갈 준비를 하겠습니다."

"아니, 여기서 애를 낳지 않고요?"

"올라가야지요. 신행길을 미루다 아버지가 갑자기 돌아가셔서 더 미루게 되었는데 아이로 말미암아 또 미루게 되면 끝이 없습니다. 아이를 낳으면 또 산후 조리도 해야겠지요? 그러다 그때 가서 무슨 일이 생기면 또 미룰 겁니까? 그러자면 끝이 없어요."

"당신이 한양으로 간다면 나야 더할 나위 없이 기쁜 일이지요. 당신이 걱정이 되어 그렇소."

"걱정하지 않으셔도 됩니다. 어머니도 이제 건강을 되찾으셨고 동생들이 제 빈 자리를 잘 채울 테니까요."

"그렇다면 어서 올라가도록 합시다. 한양에서 어머니가 사실 목메게 기다리십니다."

한양으로 떠나갈 날이 점차 다가오자 어머니와 동생들은 서운해서 사임당 곁을 떠나지 않았다.

한양으로 가다

강릉에서 한양까지는 어언 400리 길이나 되었다.

아이를 가진 무거운 몸으로 한양까지 그 먼 길을 걸어서 간다는 것은 불가능했다. 그래서 어머니 이 씨는 사임당이 타고 갈 사인교四人轎 가마를 마련하고 한양까지 갈 동안, 그리고 아이를 낳을 때까지 사임당을 돌볼 비복까지 챙겨 딸을 배웅한다.

"잘 살아야 한다. 시어머니 잘 모시고, 남편 잘 섬기고."

어머니 이 씨의 눈가에 촉촉한 이슬이 맺힌다. 친정을 떠나는 사임당의 눈에서도 눈물이 흘렀다. 태어나서 생전 처음 어머니 곁을 떠나는 길이었다.

"건강하셔야 해요. 다시 뵈올 때까지 정말 건강하셔야 해요."

"오냐, 내 걱정은 말고 부디 행복하거라."

"너희들만 믿고 갈게. 어머니를 잘 부탁해."

사임당은 세 동생들의 손을 일일이 붙잡았다.

"걱정 말아요, 언니. 행복하게 잘 살아야 해요."

"그래, 잘들 있어."

인사를 끝내고 사임당이 사인교에 오르자 그동안 정들었던 북평촌의 집이 멀어졌다.

가마에 올라 한양으로 가는 길은 사임당이 처음 보는 세상이었다. 그 세상은 굽이굽이마다 산천경개이고 굽이굽이마다 신천지이다. 모든 세상이 강릉과 다름없는 세상이라 여긴 것이 잘못이었다. 내륙의 세상은 바다에 면한 강릉과는 사뭇 달랐다. 바다내음과 흙내음이 우선 달랐다.

"이 내음이 흙내음이라는 걸 오늘 처음 알았어요."

"하하 그럴 거요. 당신과 혼례를 치르러 강릉에 도착하였을 때 내가 처음 바다내음을 맡았을 때의 기분과 비슷할 거요. 아마 그럴 거요."

"당신도 흙내음과 바다내음의 차이를 느꼈었군요?"

"느끼다마다요. 사실 바다를 본 것은 그때가 처음이었소. 당신이 강릉에서 태어나 줄곧 그곳에서 살았던 것처럼 나 역시 한양에서 나고 자라 한 번도 떠나본 적이 없었단 말이오."

한양에 도착했다.

사인교를 타고 온 한양 길이었지만 아이를 가진 몸이라 아흔아홉 구비 대관령을 넘는 길도 힘들었고 한양까지 도달하는 길도 멀어 힘든 여정이었다.

"홀몸도 아닌데 먼데까지 오느라 수고했다."

처음 본 시어머니는 며느리의 손을 따뜻하게 잡아주었다. 상상으로만 짐작했던 시어머니는 기대했던 것보다 참으로 인자한 모습이었다.

사임당은 시어머니에게 큰절을 올렸다.

"늦게 뵈어서 죄송합니다."

"사정이 그러했던 걸 어쩌겠냐? 괘념치 말거라. 사실 그동안 내 며느리가 어떻게 생겼는지 궁금했다. 학식도 많고 어른들에게 깍듯한 예절을 배웠다고 들었다. 그리고 그림 솜씨도 아주 훌륭하더구나. 그래서 더욱 보고 싶었는데 이렇게 만나고 보니 그 말들이 조금도 틀리지 않은 것 같아 내 마음이 흡족하다."

"아직 부족한 게 많습니다. 어머님께서 가르쳐 주시면 잘 배우고 따르겠습니다."

"따로 배울게 뭐 있겠나? 여자들 하는 일이란 다 그렇지. 부담 갖지 말거라."

그로부터 시작된 시가살이는 여태껏 사임당이 살아온 살림과는 전혀 다른, 그런대로 풍족하게 살았던 친정에서의 생활과는 전혀 딴판이었다. 시어머니가 떡을 만들어 팔아 겨우 궁핍함을 면하고 살아가는 실정이었다.

사임당은 시어머니의 일을 돕는 데 열심이었다. 아침 일찍 일어나 떡판을 챙기고 시루에 떡가루를 안치는 등 하루 종일 일에 매달리면서도 힘들어 하는 기색을 보이지 않았다. 이를 지켜보는 사람들은 입에 침이 마르도록 칭찬이 자자했다.

"곱게 자란 사람이라고 하던데 힘든 일을 잘하네? 마치 해보던 일을 하는 사람같이 능숙해."

"그러게 말이야. 암튼 며느리를 정말 잘 얻었어."

이웃사람들은 사임당을 호기심어린 눈으로 바라봤다.

시집에 온 지 약 일주일가량이 지났을 때였다. 시어머니는 친인척들을 초대해 사임당을 인사시키고 높은 학문과 그림 솜씨를 자랑도 할겸 자그마한 잔치를 열었다. 그리고 남편은 친구들을 사랑채에 따로 초대했다.

원수는 잔치가 무르익고 취기가 오를 즈음 부인에 대한 자랑을 늘어놓기 시작했다.

"자네들은 우리 안사람의 그림 솜씨가 어떤지 아나?"

"그림 솜씨?"

"자네 부인이 그림을 그린단 말인가?"

"그림을 그릴 정도가 아니라 난 안견을 빰친다고 생각하는데?"

"예끼 이사람! 허풍도 유분수지, 자네 부인을 어떻게 안견에 비유한단 말인가? 설령 그린다고 한다면 조금 흉내를 내는 거에 불과하겠지."

"그러게 말일세."

"허어, 그렇지 않다니까! 내 아내가 그린 그림으로 인해서 어떤 일이 벌어졌었는지 아는가?"

"어떤 일이 벌어졌는데?"

"우리 안사람이 그린 그림을 장마철에 눅눅해져 말리려고 마당에 펼쳐 놓았거든. 그런데 닭이 와서 그림에 그려진 벌레를 진짜 살아 있는 벌레로 알고 쪼아 먹다 구멍이 뚫린 일이 있었다니까!"

"허풍도 저 정도는 돼야 진짜 허풍이지, 하하 어떻든 자네 허풍은 옛날부터 유명했으니까."

"이 친구들, 정말이라니까 그러네. 뿐만 아니라 산수화면 산수화, 매화면 매화, 포도면 포도, 못 그리는 그림이 없다니까!"

"그렇다면 말로만 할 게 아니라 자네 부인의 그림을 한번 보여주게나. 그래야 믿지, 안 그러면 자네가 허풍을 떨었다고 생각하지 않을 수 없지."

"좋아, 내가 허풍을 떠는 것인지 아니면 사실인지 확인을 시켜주지. 기다려봐."

원수는 당장 사람을 시켜 사임당에게 그림 한 점을 그려오도록 부탁했다.

이 말을 들은 사임당은 난처했다. 남편의 말이니 듣지 않을 수 없고 들어주자니 너무 경솔한 행동이 아닐까 싶어 선뜻 그렇게 할 수가 없었다. 그래서 시어머니 홍 씨에게 물었다.

"어머니, 어떻게 해야 되죠?"

"글쎄다, 네 입장이 난처하게 됐구나. 하지만 어쩌겠냐? 술 취해서 아내 자랑을 하고 싶어 한 청이니 남편의 체면을 생각해서라도 한 점 그리지 않을 수 없겠구나."

시어머니의 말에 사임당도 어쩔 수 없이 그림을 그려야겠다는 생각을 했다.

무엇을 그릴까 잠시 망설이고 있는데 사임당의 눈에 놋쟁반이 보였다. 그것을 집어든 사임당은 얼른 붓을 꺼내 먹을 갈기 시작했다. 먹이 다 갈리자 붓끝에다 먹물을 찍어 놋쟁반에다 포도를 그리기 시작했다. 그림의 주제로 포도그림을 선택한 것은 손님을 청했기에 과일을 대접한다는 뜻이 담겨 있었다.

그림이 완성되자 자신이 수놓아 시집으로 가지고 온 보자기를 꺼내 그것으로 쟁반그림을 덮었다. 그리곤 사람을 시켜 사랑채로 보냈다.

보자기에 덮인 쟁반이 친구들 앞에 나타났다. 친구들은 실망한 표정들이었다.

"그림을 보여 달라니까 무슨……."

그러나 이내 쟁반을 덮은 보자기가 벗겨지고 쟁반에 그려진 포도를 보는 순간, 사람들의 입이 딱 벌어지고 말았다.

"이, 이럴 수가! 이 그림이 정녕 자네 부인께서 방금 그린 그림이란 말인가?"

"하하, 어떤가! 내 안사람 솜씨가 이렇다니까!"

친구들은 포도 그림을 보면서 그 솜씨에 감탄하며 입을 다물지 못했다.

"대단하네, 대단해! 정말 장가 한번 잘 들었구먼. 허풍인 줄 알았는데 허풍이 아니었어."

친구들은 칭찬을 아끼지 않았으며 원수는 기분이 우쭐하여 정신없이 술을 마셔댔다.

친구들이 모두 돌아가자 만취한 남편을 방에 누인 사임당은 술을 과하게 마신 것이 못마땅했다.

다음날 남편이 잠에서 깨자 사임당이 말했다.

"술 마시는 것은 어쩔 수 없는 일이라 해도 어제처럼 과하게 마시면 안 됩니다."

원수는 갈증을 느껴 머리맡에 놓인 자리끼를 들어 벌컥벌컥 마셔댔다.

"그리고 어제 친구들에게 보인 행동은 너무 경솔한 행동이었지요. 갑자기 그림을 그리라고 하면 어쩝니까? 어쩔 수 없이 그리라고 해서 그렸지만 당황이 되어 혼났습니다."

술에서 깨고 보니 어제의 일들이 남편으로서 너무 경솔했던 것이 아닌가 해서 부끄러웠다.

"알겠소. 생각해 보니 내가 너무 가벼운 처신을 한 것 같소. 앞으론 조심하리다."

"해장국을 끓였습니다. 조반을 차릴 테니 어서 씻으세요."

사임당이 부엌으로 나가자 원수는 아직도 숙취를 느끼고 속이 불편하여 다시 자리에 누웠다.

사임당의 출산일이 점차 가까워졌다. 하루가 다르게 배가 불러서 시어머니를 도와 떡을 만드는 일이 힘에 부치기 시작했다. 이를 알아차린 시어머니 홍 씨는 며느리를 쉬게 하고 일체 일을 하지 못하게 했다.

9월이 되자 날씨가 조석으로 선선하였다. 사임당은 심한 진통을 느꼈고 그 진통을 길게 견디면서 아기를 낳았다. 첫아들 선璿이었다.

원수는 아들을 낳은 기쁨을 감추지 못했고 시어머니 홍 씨도 기뻐하면서 며느리의 손을 잡았다.

"애 낳느라 애썼다. 건강한 사내아이를 낳아줘서 고맙구나."

홍 씨는 시어머니가 아니라 꼭 친정어머니 같았다.

"어머니, 아기가 누굴 닮았어요?"

아들 선의 생김새는 아버지 원수를 많이 닮았다. 이목구비가 뚜렷해 장차 준수한 외모를 지닐 것은 분명했다.

"애비를 쏙 빼닮았구나. 눈언저리는 너를 닮은 것 같기도 하고. 한번 보겠니?"

시어머니 홍 씨는 목욕을 시키자 새록 잠든 아기를 사임당에게 보여주었다. 사임당은 몸을 일으켜 아기를 찬찬히 들여다보았다.

"예쁘네요. 그런데 전 누구를 닮았는지 모르겠어요."

"애비와 너를 버무린 얼굴이다. 두 사람의 좋은 곳만 골라 닮은 것 같구나."

사임당은 선을 낳고 돌이 지날 무렵 파주 율곡리로 내려가 살았다. 파주 율곡리는 이원수의 조상들이 대대로 터전을 잡아 살아왔던 곳이고 그곳에 논밭을 가지고 있어 농사일을 돌봐야 했기 때문이다.

율곡리는 한적한 시골 풍경을 드러내고 앉아 이를 바라보는 사람의 마음을 평온하게 했다. 사람들의 인심도 좋아 전혀 낯선 땅이라 여겨지지 않았다. 농경으로 서로들 간에 얽혀 품앗이로 모든 간극을 해소하는 평화로운 마을이었다. 비옥한 땅, 풍부한 수원, 이를 바탕으로 한 농심은 한양에서 내려온 사임당의 식구들을 따뜻하게 감싸 안았다.

주된 농사는 벼농사였다. 밭에서 나는 것은 주로 고구마였지만 계절에 맞추어 거기에 맞는 채소를 번갈아 심었고 그러자니 시간은 언제나 빡빡하고 분주했다.

아이를 키우고 난생처음 해보는 농사일이라 매우 힘들었다. 그렇다고 농사일을 제쳐두고 다른 일을 한다는 것은 생각할 수도 없는 일이었기에 순응하며 열심히 살았다.

파주 율곡리로 내려와 두어 해가 지났을 때였다. 저녁상을 물리고 부부가 마주하고 있을 때 원수가 말했다.

"당신의 재능을 이런 시골에서 썩힌다는 것은 정말 안타까운 일이오. 그걸 알면서도 어쩌지 못하는 내 처지가 한스럽구려."

원수는 스스로 한탄하고 스스로 안타까워했다.

"곱게 자란 당신이 시골 아낙이 되어 농사일을 한다는 것은 불행한 일이오."

"무슨 뜻이에요?"

"그림과 글공부를 좋아하는 당신에게 농사일만 시키고 있으니 하는 소리요."

"아닙니다. 그동안 당신과 시어머님께선 제게 해주실 것은 다 해주셨습니다. 더 이상의 욕심은 버려야지요. 그게 옳은 일입니다."

"부인, 강릉의 어머니가 그립지 않으십니까?"

"네에?"

사임당은 갑작스런 이야기에 깜짝 놀랐다.

"어찌 그립지 않겠소? 그리울 거요. 나도 장모님이 어떻게 지내시는지 궁금하오."

"건강하게 잘 지내고 계시겠지요."

"내가 한양으로 올라가 어머니께 말씀드려 보리다."

"뭐를요?"

"선이에게도 외할머니를 뵙도록 해야 하지 않겠소?"

"여, 여보!"

"당연히 그래야지요. 장모님께서 손주를 보시면 얼마나 기뻐하시겠소?"

사임당은 남편의 말에 놀라고 있었다. 정말 가슴 떨리는 이야기였다. 그동안 체념하듯 친정을 잊고 살았는데 남편이 느닷없이 강릉의 이야기를 꺼내는 순간 어머니가 미치도록 보고 싶었고 동생들이 보고 싶었으며 강릉이 그리웠다.

"지금 내가 당신을 친정에 보내려 하는 것은 이런저런 이유도 있지만 가장 큰 이유가 뭔지 알겠소?"

"……?"

"당신이 그림 붓을 내려놓은 지 너무 오래되었기 때문이오. 이러다간 당신의 재능이 무뎌질까 걱정이 되오. 여기선 아무리 짬을 내어 그림을 그리려 해도 짬을 낼 수 없소. 한계가 있단 말이오. 그러니 강릉에 가서 다시 마음껏 그림을 그리시오. 어머니께 꼭 허락을 받아 내리다."

아, 여보!

사임당의 눈에서 뜨거운 눈물이 흘렀다. 남편의 이해심과 배려에 대한 고마움이 강릉 바다의 세찬 파도처럼 밀려왔다. 문득 남편이 예전에 했던 말이 떠올랐다.

"당신의 그림엔 모든 것이 살아 있어요. 화폭 안에 풀벌레들, 매화, 꽃, 포도 등 모두가 살아 있단 말이오. 앞으로도 멈추지 말고 계속 그림을 그리시오. 한양에 올라가면 당신의 재능이 꽃피울 수 있도록 내가 힘닿는 데까지 도울 것이오."

그 말을 지금 기억함은 남편에 대한 고마움이며 자신의 바람이었다. 그러나 사임당으로선 선뜻 그 말을 받아들일 수 없는 출가한 여인임을 스스로 깨닫고 기대를 단념했다.

"당신의 말씀은 고맙지만 그건 안 돼요. 저는 출가외인이란 사실을 잊지 않고 있습니다."

"안 된다고 하지 말아요. 어머님도 당신의 재능이 썩는다고 늘 안타까워하시는 분이에요. 내가 말씀드리면 흔쾌히 허락하실 거라 믿어요."

이후 사임당의 마음은 한양과 강릉을 오락가락하였다. 출가외인임을 스스로 되뇌며 기대를 버리려 애썼다. 그러나 그러면 그럴수록 강릉의 바다, 경포호수, 내 어머니가 살고 있는 북평촌의 대나무 숲이 아른거렸다.

"에미야, 나 좀 보자."

남편이 강릉 얘기를 꺼내고 난 며칠 뒤 시어머니 홍 씨가 느닷없이 파주 율곡리로 내려왔다.

사임당은 시어머니 앞에 앉았다.

"그래, 시골생활이 어떠냐? 힘들지?"

"아녜요, 어머니. 오히려 제가 여기에 내려와 있어 어머니 일을 도와드리지 못해 안타까워요. 많이 힘드시죠? 너무 무리하지 마시고 천천히 하세요."

"나야 늘 하던 일이라 익숙해 힘든 줄 모르겠다. 그나저나 내가 이렇게 너를 만나러 내려온 것은 네게 할 말이 있어서다. ……에미야."

"네, 어머니."

사임당은 침을 꼴딱 삼켰다. 짐작으로도 어떠한 말이 나올 것인지를 알고 있었다.

"다녀오거라."

"……!"

시어머니의 단호한 결정을 듣는 순간 사임당은 눈을 감았다.

"친정에 다녀오거라. 재능이 뛰어난 내 며느리를 농사꾼, 떡장수 아낙으로 만들고 싶지 않다. 그건 내가 원하는 일이 아니다. 그리고 친정에 가면 금방 오려 하지 마라. 네 남편만 허락한다면 언제까지 친정에 있어도 나무라지 않으마."

"어, 어머니!"

"우리 집안엔 과분한 네가 누추한 집에서 힘든 기색 조금도 보이지 않고 열심히 살아주어 눈물 나도록 고맙다. 그리고 공부가 부족한 내 아들을 채근하여 훌륭한 사람으로 만들려는 네 의지를 얼마나 고맙게 생각하고 있는지 모른다. 친정에 가서 네가 그리고 싶은 그림 맘껏 그리고 하고 싶은 공부 맘껏 하고 겸해서 친정어머니 잘 봉양해 드리도록 해라. 네 아들 선이 교육도 훌륭히 시키고. 알겠제?"

"고맙습니다, 어머니."

"네 마음 너무 무겁게 갖지 마라. 그냥 부담없이 근친覲親이라 생각하고 다녀오면 된다."

신랑 신부가 결혼한 뒤 처음 친정에 다녀오는 근친은 지방에 따라 차이가 있어 일주일 이내 하는 곳도 있으나, 원래의 근친은 신부가 시가에 와서 첫 농사를 끝내고 난 뒤 그 결실물로 떡과 술을 만들어 친정에 다녀오는 것이 맞다. 근친으로 말한다면 늦은 친정행이었지만 한양과 강릉의 거리를 따졌을 때는 쉬운 일이 아니었다. 사임당은 시어머니의 말에 아무 말도 못하고 눈물만 주르륵 흘렸다.

집으로 가는 길

신작로를 따라 강릉으로, 오던 길을 다시 되돌아감은 전혀 기대하지 않은 뜻밖의 행로였다.

가슴은 진정되지 않을 정도로 뛰었다. 마음은 억겁을 가듯 지루했다. 어서 빨리 강릉에 다다랐으면 하는 마음에 사백 리 길이 만 리였다.

"아직도 경기도 땅을 벗어나지 못했나요?"

"당신도 어지간히 급하구려. 이제 떠난 지 사흘이오. 마음은 알겠지만 너무 조급해하지 마시오."

그러면서 원수는 사임당에게 미소를 보였다. 이런 길을 마련해

준 자신이 미더웠던 모양이다.

“강릉이 그렇게 그리웠소? 어머니도 말이오.”

“그럼요, 아마 조금 더 일찍 강릉행을 마련하지 못했다면 병이 나도 크게 났을 거예요. 당신에게 고마워요. 이 고마움 죽을 때까지 잊지 않을게요.”

“당신의 입장에 구애받지 말고 강릉에 도착하면 하고 싶은 일을 맘껏 하도록 하시오.”

“알겠어요. 당신과 어머니께서 베풀어 주신 배려가 되지 않도록 열심히 할게요.”

“당신의 능력에 비견되는 남편을 만났어야 했는데 능력 없는 남편을 만나 고생이 많소.”

“그런 말씀 마세요. 예술을 한답시고 당신과 시어머님께 충실하지 못하는 저를 그래도 항상 배려해 주시고 이해해 주시는 사람이 그렇게 흔타고는 생각하지 않아요. 항상 고마움을 가지고 있어요.”

“그렇게 생각한다면 나 역시 고맙구요.”

경기도 경계를 넘어 강원도 땅에 들어섰다. 아직 반도 오지 않은 길이었지만 그래도 강원도 땅에 들어서니 강릉에 거의 다 온 기분이었다.

강릉과 원주의 첫 글자를 따서 명명된 강원도는 조선 초기 1395(태조 4)년에 생겨났다. 당시 강릉은 정3품관인 대도호부사가 관할하는 대도호부였고, 원주도 역시 정3품관이 관할하던 목으로서 두 곳은 강원권의 중심지적인 지위를 지니고 있어 이름을 그렇게 지었다.

영서지방의 가장 큰 고을 원주로 들어섰을 때 강원도에서만 느껴지는 그 아늑한 자연의 깊이, 벌써 공기부터가 다름을 느낄 수 있었다.

대관령을 힘겹게 올라 정상에 서자 사임당이 살던 영동지방의 가장 큰 고을 강릉이 한눈에 들어왔다. 북평촌이 손에 잡힐 듯한 거리에서 아물아물 손짓하고 있었다.

아! 어머니.

사임당의 얼굴에 눈물이 번졌다. 어깨에 내려앉은 남편의 손에 사임당은 살며시 손을 얹는다. 그리곤 눈물을 훔치고 남편의 얼굴을 바라본다. 참 잘생겼다.

"이제 다 왔소. 이 고개만 내려가면 당신이 꿈에 그리던 강릉 북평촌에 다다르오."

사임당은 말없이 고개를 끄덕였다.

멀리 동해바다를 보면서 바다 내음새를 맘껏 맡아본다. 짭조름한 냄새, 비릿한 냄새가 맡아진다. 후각에서 파도가 인다. 그 사이에 흙냄새에 절었나 보다.

세 살 난 선이 대관령을 앞서 내려가기 시작한다. 뒤뚱거리면서도 대관령 내리막길을 잘도 내려간다.

"조심하거라."

원수는 가벼운 발걸음으로 아들의 뒤를 따라 내려간다.

남편의 뒤태가 듬직했다. 이 길을 마련해준 마음 씀씀이가 도타웠다. 말로는 형언키 어려운, 그런 감정의 물결이 잔잔하게 밀려온다.

"어머니!"

아직도 문 앞이 저기에 있는데 어머니를 힘껏 부르며 달려간다.

"어머니!"

목청껏 부르자 사임당의 목소리를 듣고 동생들이 먼저 달려 나온다.

"언니!"

뒤이어 어머니 이 씨가 맨발로 달려 나왔다.

"인선아!"

"어머니!"

그들의 외침은 한꺼번에 엉켜버렸다.

"기별도 없이 이게 웬일이냐?"

이 씨는 꿈을 꾸는 듯했다.

"그동안 별일 없으셨지요? 건강하셨구요?"

"그래그래. 아이고, 이게 우리 강아지냐?"

어머니 이 씨는 처음 보는 외손자 선을 번쩍 들어 안는다.

"선아, 인사드려야지? 외할머니시다."

"안녕하세요?"

"오냐, 오냐 내 새끼!"

외할머니는 손자의 볼에 연신 뽀뽀를 해댔다.

"장모님, 저도 왔습니다."

"어서 오게. 가족을 데리고 먼 길을 오느라 수고했네."

"건강해 보이셔서 좋습니다."

"그럼, 그럼! 나야 항상 건강하지. 자, 어서 안으로 들어가도록 하자."

그들은 한 무리로 엉켜 집안으로 들어갔다.

"시어머님도 안녕하시고?"

"네, 덕분에요."

"어떻게 허락하셨냐? 집안일도 바쁘실 텐데."

"저희 어머님이 다녀오라 하셨어요."

원수는 우쭐한 기분이 되어 말했다.

"글쎄, 그러기가 쉽지 않은 일이었을 텐데. 장사까지 하고 계시다면서?"

"장사야 뭐 일하는 사람을 데리고 하는 일이고 또 어머니 혼자 잘 이끌고 오셨던 일이었기 때문에 괜찮습니다."

"그래도 그게 아니야. 며느리를 친정에 내려 보낸다는 게 쉬운 일은 아니야."

"맞아요. 쉬운 일이 절대 아니죠. 그런데 시어머니께서 흔쾌히 허락하셨어요."

"장모님, 그런데 한 가지 문제가 생겼습니다."

"문제? 무…무슨 문제?"

그 말에 이 씨는 대번 불안한 기색을 나타내었다.

"이 사람이 강릉에 잠깐 다니러 온 것이 아니라 오래오래 있으려고 내려온 것입니다."

"그게 무슨 말이냐?"

사위의 말에 이 씨가 어리둥절해 사임당을 바라보자 사임당이 고개를 끄덕인다.

"저희 어머니께서 이 사람에게 오래오래 쉬면서 열심히 그림을 그리라고 보내주셨거든요. 제가 허락하는 한 언제든 장모님 모시고 여기서 살아도 된다고 하셨습니다."

"그게 정말이냐?"

"시어머니께서 저의 재능을 썩혀선 안 된다고 긴 시간을 허락하셨어요. 그렇다고 마냥 언제까지 있을 순 없고 하여튼 그렇게 보내주신 것만은 사실이에요."

"참으로 고마운 분이시로구나. 보통 인격을 지닌 분이 아니시구나."

"사실은 선이 아버지가 먼저 시어머니께 그렇게 해주십사 건의를 했어요. 시어머님이 듣고 이를 허락하신 거예요."

"그래? 이 서방이 정말 고마운 일을 했군. 하지만 여자가 시집을 갔으면 시가에서 시어머님을 모시고 사는 것이 인지상정이고 인륜인데 기쁘면서도 마음 한구석은 편하진 않아."

"한양에 있어도 어차피 저희는 파주에서 살고 어머니는 한양에서 사시는걸요. 여기를 파주로 알고 살면 크게 다를 건 없다는 생각입니다. 마음먹기에 달린 거죠."

"딴은 그렇지만 그게 어디 그런가? 하여간 잘들 왔어. 먼 길을 오느라 피곤할 테니 우선 쉬도록 해라. 내가 애들하고 저녁을 준비하마."

"저도 나가보겠어요."

사임당이 어머니를 따라 일어나자 이 씨는 제지하지 않았다.

사임당의 강릉 생활은 다시 시작되었다.

친정으로 내려온 사임당은 경서를 읽고 그림을 그리면서 평온한 나날을 보냈다. 남편과 함께 논어, 맹자, 대학, 중용 등을 펼치고 공부했다. 원수는 사임당보다 공부가 많이 처지면서도 피하려 들지 않았다. 시간이 지나면서 이렇듯 적극성을 보이는 건 날로 학문이 늘어간다는 것을 의미하는 일이라 판단하였다.

"이 내용은 내가 알지요."

책을 펼치던 원수는 곁눈으로 사임당이 공부하는 책을 보다 한 문장을 발견하곤 손가락으로 짚으며 말했다.

"그러세요?"

사임당은 원수가 짚은 문장을 들여다보았다.

"당신의 설명을 한번 들어봐도 될까요?"

사임당은 기대가 되어 원수 앞으로 바싹 다가앉았다. 파주에서 줄곧 함께 공부하였지만 남편이 책을 보고 이렇게 자신 있게 말한 적은 없었다. 학문의 정도가 어떤지 알고 싶었다.

남편의 설명을 기다렸다. 그러나 내용을 안다고 한 원수는 정작 주춤거리며 망설였다.

"왜요?"

"막상 설명하려 하니 쑥스럽고 떨려서, 당신한테 책잡히지 않을까 염려가 되오."

"책잡히다니요. 설령 틀린다 하더라도 흉이 될 순 없지요. 자신 있게 설명해 보세요."

"알겠소. 모르면 깨우치면 되는 것이지 흉 될 건 없지요."

"옳으신 말씀입니다."

자세를 가다듬은 원수는 어눌하지만 손가락으로 글을 짚어가며 입을 열기 시작한다.

"옛날 밝은 덕을 천하에 밝히고자 하는 사람은, ……먼저 그 나라를 다스리고, 그 나라를 다스리고자 하는 사람은 먼저 집을 가지런히 하고, ……음, 그 집을 가지런히 하는 사람은 먼저 그 몸을 닦고 그 몸을 닦고자 하는 사람은 먼저 그 마음을 올바르게 하고, 그 마음을 바르게 하고자 하는 사람은 먼저 그 뜻을 정성되게 하고, 그 뜻을 정성되게 하고자 하는 사람은 먼저 그 앎을 이르게 한다."

다 읽은 원수가 사임당의 얼굴을 쳐다보며 묻는다.

"어떻소?"

만족한 미소를 지으며 사임당이 말한다.

"그럼 해설해 보실 수는 있는지요?"

"정확할지는 모르겠으나 한번 해보겠소."

원수는 침을 한번 삼키고 헛기침을 하더니 천천히 입을 연다.

"밝은 덕을 천하에 밝힌다는 것은 먼저 자신이 자기의 빛나는 덕을 빛나게 하고 뒤이어 그것을 미루어 미치게 하여 천하 사람들이 다 그의 빛나는 덕을 빛나게 한다는 것이다. 즉 '밝은 덕을 밝게 한다' 와 '백성을 새롭게 한다' 를 통일적으로 말한 것이다. 천하 사람이……."

원수는 별다른 막힘이 없었다. 사임당은 남편을 바라보며 만족한 미소를 짓는다. 그동안 남편을 낮게 평가한 것에 대한 미안한 마음이 들었다.

"놀라워요."

그리곤 다시 대학을 살피더니 남편에게 묻는다.

"이것은요?"

아내가 가리키는 문장을 들여다보는 원수는 지체 없이 입을 연다.

"부윤옥富潤屋이오 덕윤신德潤身이라 심광체반心廣體胖하나니 고故로 군자君子는 필성기의必誠其意니라, …… 한번 해석해 볼까요?"

이제 원수는 자신이 붙은 듯했다.

"그러세요."

"부는 집을 윤택하게 하고 덕은 몸을 윤택하게 한다. 마음이 넓으면 몸이 편안하다. 그러므로 군자는 반드시 그 뜻을 정성되게 한다."

"해설을 하신다면요?"

"……재산이 넉넉하면 자연 집에 윤기가 나타나듯이 여러 가지 도구나 장식으로 집안이 훤하고 아름다워지듯이, 덕은 그 자신의 몸에 윤기를 나타나게 한다. 마음에 아무 부끄러울 것이 없으면 마음은 크고 넓어져서……."

원수는 정확하게 해설을 마쳤다.

"죄송하지만 저는 그동안 서방님의 실력이 이렇게 늘었는지 몰랐습니다."

"부인께서 쉬운 것을 고른 줄 알고 있소. 내 기를 꺾지 않으려는 뜻인 줄도 알고 있소."

"아닙니다. 그냥 보이는 대로 고른 것이거든요. 하나만 더 해볼까요? 이번엔 다른 책에서."

"아아, 그만 합시다. 지금까지 들었던 칭찬이 무색해질까봐 두렵소."

"이번엔 중용中庸입니다."

사임당은 책을 이리저리 펼치더니 문장 하나를 짚어내 손가락으로 가리킨다. 남편의 기를 살리기 위해 조금 쉬운 것을 택한 것은 사실이었다.

"이것을 한번 해석해 보세요."

"부부지우夫婦之愚로도 가이여지언可以與知焉이로되……"

끝까지 다 읽던 원수는 사임당의 얼굴을 바라본다. 어렵지 않다는 표정이었다.

"부부의 어리석음으로도 함께할 수 있으나, 그 지극함에 미쳐

서는 비록 성인이라도…….”

천천히 해석했지만 그 뜻은 하나도 틀리지 않았다.

“훌륭하십니다. 앎이란 우리가 살아가는 데 있어 꼭 필요한 항목입니다. 공부는 긴 시간을 가지고 지속적으로 해야 합니다. 하다 쉬고 하다 쉬고 하면 성과가 없지요. 여기서 지낸 지도 벌써 한 달가량 되었습니다. 그러니 이제 한양으로 올라가 어머님을 모시면서 더욱 열심히 공부하도록 하세요.”

“이렇게 부인 옆에 있으면서 함께 공부하면 안 되겠소? 지금처럼 하면 되지 않소?”

“안 됩니다. 여기 계시면 생활하는 것도 신경 쓰이고 애도 있고 해서 집중하기가 힘드니 제 말대로 하십시오. 십 년을 작정하고 공부하시면 뭔가 뜻을 이룰 수 있을 것이라고 생각합니다.”

“십 년이라니요?”

원수는 사임당의 말에 깜짝 놀랐다.

“그 정도는 해야 제대로 된 공부를 했다 할 수 있지요. 학문을 제대로 닦으려면 사실 십 년도 짧은 것입니다.”

“십 년이 얼마나 긴 세월인지 알고 하시는 말씀이오? 십 년이면 강산도 변한다고 하는 긴 세월이란 말이오.”

“압니다. 짧지 않은 세월인 줄 잘 압니다. 그러나 얼마나 열심히 하느냐에 따라 시간은 얼마든지 줄일 수 있죠. 당신 하기에 달려 있습니다.”

“알겠소. 사내대장부로서 한번 뜻을 강하게 품고 해보리다.”

원수는 비장한 결심을 나타냈다. 아내의 결심을 바꿀 수 없었기도 했지만 정말 아내가 바라는 뜻에 따르고 학문의 결실도 맺고 싶었다.

사임당은 사실 그렇게 말했지만 남편과 십 년씩이나 헤어져 있을 것을 작심한 것은 아니었다. 시집을 갔으면서 십 년씩이나 시가로 가지 않고 친정에 머문다는 것은 있을 수 없는 일이기 때문이다. 이는 단지 남편의 결심을 단단히 해두기 위한 말이었다.

중종 23년, 서기로는 1528년이었다.

가을이 되어 나라에서 어머니 이 씨를 기리는 열녀 정각을 세운다는 아주 기쁜 소식을 전해왔다. 얼마 전 넷째 동생을 이웃 마을 권화權和에게 시집보낸 뒤라 겹경사가 아닐 수 없었다.

이 소식을 듣고 십 년을 기약했던 남편이 단숨에 한양에서 달려왔다. 벌써 일 년여가 지나 있었다.

"당신과 십 년을 약속했지만 장모님의 열녀 정각이 세워진다는데 어떻게 와보지 않을 수 있겠소?"

사임당으로선 할 말이 없었다. 아니 내심으로 기뻤다. 훌쩍 자란 아들 선의 모습도 보여주고 싶었고 남편도 보고 싶었던 참이었다.

"또 얼마 있으면 장인어른의 제사도 있잖소? 겸사겸사해서 내려왔지요."

원수는 당위성을 전가하려고 주섬주섬 말을 주워 담고 있었다.

싫지 않았다.

"알겠어요."

그런 광경을 지켜보던 이 씨가 웃으며 거든다.

"잘 왔네. 우리도 자네가 얼마나 보고 싶었는지 모르네."

"장모님, 장모님의 열녀 정각이 세워진다고요? 축하드립니다. 정말 축하드립니다."

그러면서 이 씨 부인의 손을 잡았다. 그러자 잘린 부분이 손바닥에 느껴졌다. 남편의 생명을 살리기 위해 손가락을 자르고 하늘에 기도했던 장모님의 표식이었다.

저녁을 먹고 호롱불 아래서 두 사람은 마주앉았다.

"오랜만이구려. 벌써 일 년이란 세월이 훌쩍 지나갔으니 말이오. 빠르오."

"글공부는 진전이 있으셨는지요?"

"사서삼경을 통달하려고 열심히 했소."

"당신이 그렇게 자신 있어 하는 걸 보니 정말 기쁘고 흐뭇합니다."

"이제야 공부의 재미를 알았소. 진즉 이런 재미를 느꼈어야 했는데 생각할수록 아쉽구려."

"공부는 재미를 느껴야 합니다. 스스로 마음에서 우러나와서 공부하면 결국 결실을 맺게 되는 것이지요. 아마 후과가 좋을 것입니다."

"일찍 시작하지 않은 것이 정말 후회가 되오. 선이는 나처럼 되지 않게 일찍 공부를 시켜야겠소."

"벌써 시키고 있는걸요. 어린 것이 제법이에요. 아이가 흥취를 느끼는지 열심히 하려고 해요. 조금 더 지켜봐야 학문에 소질이 있는지 없는지를 알 수 있겠지만 지금으로 보면 괜찮아요."

"당신을 닮았으면 학문에 소질이 있어 공부를 잘할 것이고 나를 닮았으면 큰 기대를 않는 것이지요."

"요즘 어머님 건강은 어떠세요? 장사를 힘들어하시진 않나요?"

"천직으로 알고 계신 분이라 새벽부터 일어나 떡을 만들고 늦게까지 팔아도 힘들어하시진 않아요. 당신에게 꼭 안부를 전한다고 하셨소."

사임당은 시어머니 홍 씨의 일상이 눈에 선했다.

이듬해 봄이 되자 사임당은 더 오래 친정엘 있을 수 없다고 판단하고 다시 한양으로 올라왔다. 그 사이 시어머니 홍 씨의 얼굴에도 주름이 많이 생겨 골이 깊었다.

"아이고, 우리 강아지가 이렇게 컸어? 그새 아주 몰라보게 컸구나?"

홍 씨는 오랜만에 보는 며느리보다 손주의 모습이 더 크게 보였던 모양이다.

"그동안 얼마나 고생하셨어요? 이제부턴 제가 정성을 다해 어머님을 모시겠습니다."

"이왕 내려간 김에 왜 좀 더 있다가 오질 않고서? 그래, 친정어머니 건강은 어쩌시냐?"

"덕분에 아주 건강하십니다."

"그림은 많이 그렸느냐?"

"어머님이 배려해 주신 덕분에 열심히 그렸습니다."

"다행이구나. 강릉으로 내려가지 않았으면 지금쯤 그림이 많이 무디어졌을 것인데 그것을 피할 수 있어서 다행이다. 예술은 쉼 없이 갈고 닦아야지 쉬면 쉬는 만큼 버리게 돼. 내가 무식해도 그런 것쯤은 알고 있다."

사임당은 다시 떡장수 며느리로서 일했다. 처음 시집에 와서 떡 만드는 것을 배우다 겨우 기술을 익힐 무렵 강릉으로 가 몇 년을 지내다 보니 다시 처음부터 배워야 했다. 시어머니 홍 씨 말대로 이것 역시 쉬면 쉬는 만큼 무디어져 버리는 게 그림과 같았다.

그러나 기술을 익혀 시어머니를 도우려던 의욕은 오래 둘 수 없었다. 한양으로 오자마자 몸에 이상함이 느껴졌다. 증세로 보아 둘째 아이를 가진 것이 틀림없었다. 이를 안 시어머니 홍 씨는 힘든 일을 절대 삼가게 하고 쉬게 했다.

사임당은 맏딸 매창梅窓을 낳았다. 맏아들 선과는 다섯 살 터울이었다.

순산을 하고 한 달가량 몸조리를 끝낸 사임당은 전보다 더 열심히 시어머니를 도왔다. 하지만 시어머니는 높은 학식과 뛰어난 재주를 지닌 며느리가 겨우 떡판에 매달려 살고 있는 것을 항상 안타까워했다. 그래서 어떻게 하면 며느리의 재능을 살려 줄 것인가를 고심했다.

매창이 돌이 지나자 시어머니 홍 씨는 사임당에게 말했다.

"아무래도 너희를 다시 파주로 보내야겠다."

"무슨 말씀이세요, 어머니?"

"여기에 있으면 네 재주는 쓸모없게 되고 아이들 교육도 기대할 수 없게 된다."

"어머니!"

"아무리 생각해도 그렇게 하는 것이 옳다고 생각해서 내린 판단이니 아무 소리 하지 말고 내려가거라. 이 사람 저 사람 눈치 안 보고 네 공부도 마음 편히 할 수 있을 테고 말이야."

"하지만 어머니 혼자 두고 어떻게요."

"나이가 들었어도 평생 해온 일, 이골이 나 괜찮다. 또 일하는 사람도 있으니 걱정하지 마라."

어떻게 하든 구실을 만들어 며느리의 심신을 편하게 해주려는 마음을 모를 리 없었다. 그러나 한 번 마음을 먹으면 마음먹은 대로 해야 하는 시어머니의 고집을 꺾을 수 없어 사임당은 남편, 두 아이와 함께 파주 율곡리로 내려왔다.

사임당은 율곡리로 내려온 뒤 마음이 편했다. 그리고 아들 선이 건강하고 올바로 자라는 것을 지켜보면서 궁핍함이 궁핍하게 느껴지지 않을 정도로 행복하고 평안한 나날을 보냈다.

얼마 지나지 않아 둘째 아들 번璠을 낳고 또 둘째 딸을 연년생으로 낳았다. 순식간에 자식이 네 명으로 늘자 사임당의 생활은 자식들을 돌보느라 정신이 없었고 하루해가 짧을 지경이었다.

어머니로부터 교육을 잘 받은 선은 예의범절이 반듯하여 마을 사람들에게 칭찬을 들었고 어린 동생들을 잘 보살폈다. 특히 다섯 살에 지나지 않은 맏딸 매창인 남보다 훨씬 빨리 글을 깨우치고 그림 그리는 것을 좋아하였으며 어리면서도 어머니를 도우려는 효심이 지극해 사임당은 마치 자신의 어릴 때 모습을 보는 것 같아 기뻤다.

"우리 매창이 정말 제법이네. 오빠 공부하는 걸 어깨너머로 배웠으면서도 이렇게 빨리 글을 깨우치다니, 그림 솜씨는 더욱 놀랍구나."

사임당은 매창이 그린 그림을 자세히 살폈다.

"본격적으로 한번 그림공부를 해봄 직하구나. 소질이 보여. 어미가 가르칠 테니 열심히 배워 보겠니?"

"네, 어머니."

어린 매창은 또렷하게 대답하며 웃음을 지었다. 어머니가 직접 그림을 가르쳐 준다고 하니 신이 난 모양이다.

이후 사임당은 자신은 안견의 그림을 보고 스스로 공부했지만 자식에게 그림이나 글을 자신의 힘으로 가르칠 수 있다는 것을 다행으로 생각하고 열심히 가르쳤다.

매창은 하나를 가르쳐 주면 열을 아는 아이였다. 어쩜 사임당의 어릴 적 재능보다 더 뛰어난 것 같았다. 그림에 창조를 담아내는 솜씨는 어렸을 때의 사임당을 뛰어넘었다.

"이다음에 매창인 작은 사임당이라 하면 되겠소."

옆에서 이를 지켜보던 남편도 놀라움을 감추지 못하였다.

"잘 가르치면 뛰어난 재능을 보이겠어요."

"이를 두고 호랑이가 고양이 새끼를 낳을 리 없다고 하는 것 아니겠소? 당신이 낳았는데 그 재주가 어딜 가겠소. 그 어미에 그 딸이란 말을 많이 들을 것 같소."

"그렇게 된다면야 좋겠어요, 열심히 잘 가르쳐 보지요."

"아이들 재주가 이렇게 뛰어나니 나도 열심히 해야겠소. 초시라도 합격해야 할 텐데."

"그러면 좋죠."

"쉽진 않겠지만 노력해 보리다. 아이들에게 떳떳한 애비가 되려면 초시정도는 해야 되지 않겠소?"

"목표를 두는 일이에요. 목표가 뚜렷해야만 그것을 달성하려는 노력이 따르겠지요? 설령 이루지 못한다 하더라도 미련은 두지 않아요. 과정이 목적만큼이나 중요하니까요. 그렇다고 목표를 굳이 버릴 필요는 없지만요."

"알았소. 죽을힘을 다하면 안 될 일은 없을 거란 생각이오. 많이 격려해 주시오."

원수는 스스로의 마음을 다잡는다.

03

문밖에 서 있는 사람은 누구인고?

03

생불무별生佛無別

금강산의 겨울은 몹시 추웠다.

밤새 눈이 표훈사의 작은 암자 마하연 지붕까지 쌓일 정도로 많이 내렸다.

겨울에 낙엽이 져서 바위들이 앙상한 뼈처럼 드러나기 때문에 금강산의 겨울명칭이 개골산이다. 그런데 겨울의 금강산은 그 드러난 바위마저 온통 눈으로 하얗게 뒤덮여 그야말로 전체가 하나의 커다란 눈덩이처럼 보였다. 설악雪嶽이었다.

암자를 지키는 노인이 아침 일찍부터 표훈사로 이어지는 눈길을 치우고 있었다.

"이 많은 눈을 어떻게 치우시려고요? 며칠을 치워도 길을 내지 못하겠습니다."

"그래도 치워야지요. 이것도 수행이라 생각해서 그런지 힘들지 않습니다."

"그래요? 저도 그럼 수행에 한 번 들어가 볼까요?"

"그러시지요."

노인을 따라 율곡도 눈 치우기에 나선다. 정말 노인의 말대로 이것도 수행이라 생각하니 힘들다는 생각은 들지 않았다.

"절집은 모든 일이 다 수행과 연결되어 있습니다?"

"암요, 모든 일이 수행이지요. 수행 아닌 것이 없습니다. 잠을 자도 수행, 공양해도 수행, 혼자 앉아 있는 것도 수행, 입을 다물고 묵언을 해도 수행, 눈을 치워도 수행, 모든 것이 수행이지요."

"보살옹께서는 암자를 지키고 수행을 하시면서 어찌 스님이 되시질 않으셨습니까? 뵈올 때마다 저는 늘 그것이 궁금하였습니다."

"스님은 아무나 되나요? 아무나 된다고 생각하질 않습니다."

"……!"

"스님 되겠다고 무수한 사람이 금강산을 들락거리지요."

"……?"

"그러나 제대로 된 중 별로 없고 대부분 다시 산을 내려가지요. 나는 출가하려 보니 이미 늙었고, 아니하려니 미련이 남아 여기 암자에 머무르고 있는 것이지요."

“그랬군요.”

물고기 뛰고 솔개 날아 아래 위가 한가지인데

저것은 색도 아니고 또 공空은 아니로세

심상히 빙긋 웃고 내 신세身世를 돌아보니

석양 빗긴 숲 속에 홀로 서 있더라

魚躍鳶非上下同 어약연비상하동

這般非色亦非空 저반비색역비공

等閒一笑看身世 등한일소간신세

獨立斜陽萬本中 독립사양만본중

노인이 허리를 펴더니 갑자기 허공에 대고 시를 읊어댄다.

“외우고 계시는군요?”

“지난 가을 저 풍악산을 바라보며 보살님이 제게 시를 지어 주셨지요. 제게 주신 헌시인데 어찌 외우지 않을 수 있겠습니까?”

율곡은 선한 미소를 지으며 다시 눈을 치우기 시작하자 노인이 말한다.

“이 시에 담긴 깊은 뜻을 헤아리려 날마다 애씁니다.”

“…….”

“잠을 잘 때도, 기도하거나 공양할 때도, 이렇게 눈을 치울 때도…….”

그러면서 다시 하던 일을 이어갔다.

며칠이 지나서야 길이 틔었다. 외길처럼 드러난 길이 율곡의 발걸음을 인도한다.

표훈사 주지 보응스님 앞에 앉은 율곡이 말한다.

"스님이 부처가 될 수 있다면 제자도 부처가 될 수 있을 것이라는 생각입니다."

율곡은 '생불무별生佛無別'의 도리를 말하였다.

"그러하니라. 누구나 부처가 될 수 있느니라."

"그러나 관공 관색하는 눈으로 현신을 살펴보니 유가의 언설에도 말 못할 것이 있고 불가의 무언에도 말할 것이 있으니 깨닫고 보면 그것이 다 그것이었습니다."

"그래서?"

"저는 죽어도 부처가 될 수 없음을 깨달았습니다."

그러자 방장스님 할喝,

"그 이유를 알겠느냐!"

"……?"

"저녁에 반야보전으로 오너라."

어둠이 일찍 내린 경내는 세상이 정지된 듯한 적막이 깔렸다.

공양조차 거른 율곡이 반야대전의 희미한 불빛을 따라 다가갔다.

"내 등 뒤에 서 있는 사람은 의암인가?"

의암義庵은 보응스님이 지어준 율곡의 법호였다.

율곡은 합장한 채 대답하였다.

"네, 스님."

"공양은 마쳤느냐?"

"걸렀습니다."

"입맛이 없어서더냐?"

"네, 스님."

"나도 입맛이 없어 걸렀느니라."

"……!"

방장스님과 율곡 사이엔 잠깐의 침묵이 흘렀다.

"강릉에서부터 여기까지 너는 왜 나의 도반을 따라왔느냐?"

"모르는 한 가지 때문이었습니다."

"그게 무엇이더냐?"

"생과 사에 관한 것입니다. 어머니를 잃은 슬픔에서 도대체 벗어날 수가 없었습니다."

"음!"

방장스님은 다시 물었다.

"너는 유교의 '사서오경'을 읽었느냐?"

"네, 읽었습니다."

"노자의 '도덕경'도 읽었느냐?"

"네, 읽었습니다."

"그러면 도덕경에 나오는 첫 구절을 말해 보거라."

"'말할 수 없고 표현할 수 있는 것은 상이 아니고 뭐라 이름할 수 없는 상, 표현할 수 없는 상이야말로 천지만물의 시작이다.' 입니다."

"그렇다면 너를 지배하는 것은 유교인가, 아니면 도교인가, 불경인가?"

"아직 그것을 모르겠습니다."

"모른다?"

율곡은 그 자리에 무릎을 꿇고 말했다.

"그러니 스님, 제게 진정한 불경을 가르쳐 주십시오."

"돈오頓悟이니라. 보리달마의 말을 전하겠으니 편히 앉아라."

그러나 율곡은 무릎을 꿇고 앉아 있는 그 자세를 유지한 채 스님의 말에 귀를 기울였다.

"나무아미타불!"

스님은 몇 번의 목탁을 두드리더니 석가모니 28대 법손 보리달마의 설법을 소개했다.

"오늘 이 중은 대중들을 위해 대승 교리의 정수를 얘기하려 합니다. 대승자大乘者란 원래 서천의 한 승종乘宗을 말하는 것으로서 대승공종이라고도 하는데 소승교의小乘教義보다 한층 더 높은 해탈이며 돈오하여 부처를 전수하는 교의입니다. 대승과 소승은 그럼 무엇인가? 수레를 예로 든다면 소승은 작은 수레이고 대승은 큰 수레입니다. 소승은 한 사람만 탈 수 있고 대승은 여러 사람이 함께 탈 수 있습니다. 소승교의는 자기만 깨달으면 되지만 대승교의는 자신뿐 아니라 남들에게까지 포교하고 정과正果를 닦아야만 대안에 도달할 수 있습니다."

보리달마는 잠깐 숨을 돌리고 계속 이어나갔다.

"그렇다면 어떻게 하는 것이 대승교의를 따르는 것인가? 간단하게 말해 이입理入과 행입行入 두 가지를 행해야 합니다. 이입이란 대승의 진수를 배우는 것입니다. 모든 중생은 불성을 갖고 있어 모든 연분을 끊고 마음에 조급함이 없이 벽면과 같으면 깨달음에 이를 수 있습니다. 그 방법은 벽을 향해 좌선하는 것입니다. 마음의 모든 잡념을 잊고 벽면과 같아져 어느 쪽으로도 기울지 않으며 밝은 마음으로 본성을 보아 진리를 깨달으면 성공하는 것입니다."

달마는 말을 끊고 한참을 있다가 말했다.

"행입이란 사행四行을 말하는 것입니다. 고통에 봉착하여도 우울하지 않는 '보원행報怨行', 고통에는 낙이 따른다는 '수연행隧緣行', 본성으로 돌아가는 '무소구행無所求行', 이치에 움직이는 '칭법행稱法行', 이렇게 네 가지가 있습니다. 애증과 고락과 욕망을 끊어버리고 진리대로 행하며 모든 번뇌를 잊고 본성을 볼 수 있으면 즉각 깨달아 부처가 될 수 있는 것입니다."

"대답이 되었느냐?"

"아직……."

"달마가 설법을 한창 진행하고 있을 때 그때 갑자기 대웅전 밖에서 누군가가 비아냥거리는 소리가 들렸다. '허튼소리를 치는구먼. 어제까지 손에 칼을 들고 생명을 죽이던 백정이 오늘 칼을 놓았다고 부처가 된단 말인가!' 그는 도정이란 사람으로 돈오를 믿지 않는 사람이었지."

"일견 타당한 말이었을 것 같습니다. 자기 스스로 해탈을 추구한 소승불교를 믿은 사람이, 대승의 돈오를 이해한다는 것은 어려운 일이었을 테니까요."

"며칠 동안 도정의 말을 놓고 불자들 간에 이견이 있자 다시 달마스님께서 말씀하셨느니라."

"오늘 나는 여러분에게 '생불일체生佛一體'에 대해 얘기하겠소. 여러분들도 알다시피 석가모니가 일생 동안 추구한 것은 한 가지뿐입니다. 고뇌에서 벗어나 낙을 얻는 것입니다. 그러자면 불고不苦, 유상有常, 유아有我의 경지에 도달해야 합니다. 이 경지가 바로 대반열반大般涅槃이 지니고 있는 상常, 낙樂, 아我, 정淨, 네 가지의 덕입니다. 대반열반은 곧 완전 해탈이며 완전 입적입니다."

달마스님은 이어 상, 낙, 아, 정, 네 가지 덕에 대해 얘기하였다. 제자들은 조용히 앉아서 귀담아 듣고 있었고 오직 달마스님의 우렁찬 목소리만이 오유봉 상공으로 퍼져나갔다.

강의는 해가 서쪽으로 기울 때까지 계속되었다. 제자들의 얼굴에는 흐뭇한 미소가 흘렀다. 달마스님도 오늘의 강의에 만족한 듯 편안한 얼굴이었다.

"부처와 중생은 일체인데 미로에 빠져 있으면 중생이고, 깨달으면 부처요. '백정도 칼을 놓으면 즉시 부처가 된다' 는 말은 미로에서 헤매는 모든 중생들은 고집과 편견에서 벗어나 각오覺悟하면 누구나 부처가 될 수 있다는 말과 상통합니다."

"의암에게는 아직 유교의 정신이 남아 있어. 그 정신으로 불교에 완전히 귀의하기는 어려울 것이라 여겨진다. 달마스님이 혜가에게 법손을 넘겨 줄 때 망설인 것도 그 이유 때문이었지. 혜가는 어느 제자들보다 뛰어났지만 그리고 강의로 대중을 끌어들이는 데는 탁월한 솜씨를 보였지만 금릉 법선사에서 혜가가 교화하던 '삼법인三法印' 을 듣고 달마는 혜가가 아직 유교를 완전히 벗지 못했다 생각했지. 유교를 벗지 못한 상태로 불경을 전수할 경우 그것은 잡동사니가 되고 말게 될 것이라는 우려를 했던 게야.

혜가가 지난 10년 동안 불경을 열심히 배워 어느 정도 깨닫기는 했지만 유교와 도교를 대승선문의 진리와 뒤섞어 놓을 것 같은 두려움이 있었고 그렇게 된다면 대승선법은 몰락하고 말 것이라는 것을 누구보다 잘 알고 있었지. 법손을 비록 혜가보다 못한 제자에게 물려줄지언정 혜가는 안 된다고 결심했어."

"그런데 달마 스님께서 혜가를 결국 자신의 법손으로 인정했지 않습니까? 무엇 때문이었지요?"

"추운 아침나절 좌선하고 있던 혜가가 점차 입정에 몰입하였지. 그런데 갑자기 자신도 이상할 정도로 가볍게 움직이더니 어느 법사에 도착한 거야. 그곳에서 좌선하고 있는 사람이 있었는데 가만히 보니 석가모니도 아니고 서방의 유리, 야가, 아미타부처도 아니고 바로 사부 보리달마였던 게야. 그래서 큰절을 올리기 위해 막 엎드리려는 순간, 달마스님의 머리 위로 아름다운 원형의 빛이 나타났어. 그 빛은 점점 더 환해지더니 세찬 불길로 번져 가는데도 달마스님은 여전히 그 자리에 꼼짝하지 않고 앉아 있는 거야. 황급해진 혜가가 앞으로 달려가 불을 끄려 하자 달마스님이 무섭게 노려보면서 그에게 가사를 던졌어. 혜가가 그 가사를 받자 달마스님은 불길 속 공중으로 유유히 올라가 버리는 것이었어.

좌선에서 깨어보니 그것은 한 차례의 꿈이었고 그러나 결코 범상한 꿈이 아닌 것 같았어. 사부가 이미 정각을 이루고 머지않아 열반하는 것은 아닐까? 사부 달마스님이 던져준 가사는 무엇을 상징하는 것인가? 생각할수록 오묘하여 더 이상 가만히 앉아 있을 수가 없었다. 만약 사부께서 열반에 드신다면 나서서 바리때와 법기 등을 넘겨받아야 하지 않는가. 그동안 자신이 달마스님과 함께한 시간이 그 누구보다도 길지 않는가. 이렇게 생각한 혜가는 자리에서 벌떡 일어나 스님을 지키기 위해 항상 소지하고 다니던 계도戒刀를 차고 가사를 입고 밖으로 나갔어. 그리곤 강경정으로 달려갔지. 혜가가 조마조마한 마음으로 문을 여니 달마스님은 자리에 합장하고 앉아 눈을 감고 있었는데 입정한 모양이었어. 혜가는 사부를 마주하고 선 채로 문 앞에서 머리를 숙이고 합장하였는데 오전 오후가 지나고 밤중이 되어도 달마는 좀체 깨어나지 않는 거야. 달마는 달마대로 자세가 흐트러지지 않은 채 좌선하고 있었고 밖에서 혜가 역시 처음 선 그대로 합장하고 머리를 숙인 채 달마가 깨기를 기다리고 있었던 거지.

함박눈이 펑펑 쏟아지기 시작했어. 혜가는 그래도 움직이지 않고 문 밖에 서 있었으며 함박눈은 그의 머리와 어깨에 수북이 내려앉았지."

날이 훤히 밝아왔다.

"둥! 둥!"

달마스님은 법고 소리를 듣고 깨어났다. 달마스님은 천천히 두 눈을 떴다. 그런데 합장을 한 눈사람이 문 앞에 서 있는 것이 아닌가! 눈은 그의 허리까지 쌓여 머리 위에도 한 자나 될 만큼 수북이 쌓여 있었다.

"문 밖에 서 있는 사람은 누구인고?"

"제자 혜가입니다."

혜가의 목소리엔 기쁨이 깔려 있었다.

"대웅전에 아침 예불을 드리러 가지 않고 왜 눈을 맞으며 서 있었느냐?"

"사부님께서 전법傳法하시기를 기다리고 있었습니다."

"음!"

혜가의 말에 달마스님은 가벼운 신음을 토하고 가슴이 철렁 내려앉았다. 자신이 전법할 사람을 찾기 위해 고심하고 있다는 것을 혜가는 알고 있는 듯했다. 그러나 달마스님은 혜가가 적임자로 생각되지 않아 잠시 망설이고 있다가 이렇게 말했다.

"만일 네가 대승교의의 바리때와 법기를 물려받기를 원한다면 하늘에서 빨건 눈이 내려야 하느니라."

이것은 혜가에게 전법할 뜻이 없다는 말이기도 했다. 혜가는 달마스님의 말에 몸이 굳어졌다.

"사부님, 제가 사부님을 따른 지가 몇 해째입니까? 그래도 사부님은 제자를 믿지 못하고 계십니까? 사부님은 금릉 법선사에서 제자가 교화하던 '삼법인' 을 잊지 못하고 계십니다. 제자가 여태 유교의 뿌리를 완전히 뽑아버리지 못했다고 생각하십니까? 하늘에서 빨건 눈이 내려야 전법을 하신다니요? 사부님, 어떻게 해야 제자의 마음을 보여드릴 수 있겠습니까?"

혼자 중얼거리면서 혜가는 눈물을 흘렸다.

"빨간 눈! 빨간 눈이 어떻게 인간 세상에 내리나?"

혜가는 무심코 주변을 돌아보았다. 그러면서 머리 위에 쌓여 있던 눈이 잔등이로 들어가고 그 찬 기운에 정신이 번쩍 나며 사부의 안전을 위해 허리춤에 차고 다니는 계도가 바로 그의 눈에 띄었다.

"그렇지! 이 계도가 바로 유교와의 관계를 잘라버렸다는 증거품이 아닌가!"

혜가는 혼잣말로 중얼거렸다.

"나는 사부님 앞에서 내 굳은 의지를 보여줄 테다. 유교에서 완전히 벗어났음을 보여 주리라. 사부님께서 원하시는 홍설을 보여

드릴 테다."

그리곤 허리춤에 차고 있던 칼을 오른손에 들고 왼팔을 쳐든 채 눈을 감고 속으로 부르짖었다.

"유교의 뿌리를 뽑을 테다. 나는 오늘 피로써 유교와 끊는다."

칼날이 번쩍하는 순간, 피가 흩어져 나가며 팔뚝이 눈 위에 툭 떨어졌다. 순간 머리가 핑 돌며 어지러워졌다. 혜가는 눈 위에 쓰러지고 말았다. 피는 눈을 붉게 물들여 가고 있었다.

그때 눈을 감고 참선하던 달마의 눈앞에 느닷없이 붉은 빛이 번쩍하는 게 느껴졌다. 관세음보살이 공중에 붉은 비단을 뿌렸는가? 순식간에 소림사가 붉은 빛깔로 뒤덮이고 대지가 온통 붉은 색으로 변하였다.

달마는 눈을 떴다. 그리곤 황급히 몸을 일으켜 밖으로 뛰어나갔다. 피밭에 쓰러져 있는 혜가를 본 달마는 그를 부둥켜안고 들어와 자리 위에 눕혔다. 한 팔이 잘려나간 혜가를 바라보는 달마의 눈에서 뜨거운 눈물이 흘렀다.

"혜가야, 혜가야! 이 늙은 중이 너의 의지를 알겠다. 가사와 바리때와 법기를 너에게 넘겨주겠다. 네가 중국 선종불교 제2대의 등불을 이어 받거라."

달마스님은 마침내 가사와 바리때, 법기를 혜가의 오른손에 쥐어주었다. 가사와 바리때를 받아들었지만 혜가는 이제 다시 합장할 수 없는 몸이 되었다. 그는 가까스로 몸을 일으켜 앉은 후 그 물건들을 무릎 위에 얹어놓고 오른손을 가슴 앞에 모으고 통증을 참으며 머리를 숙였다.

"사부님! 전법하여 주셔서 감사합니다."

"지금 우리 승려들이 가사를 입을 때 왼쪽 어깨를 내놓는 것은 우리 대승 선종불교의 2대 법손 혜가스님이 대승불교를 이어받기 위해 달마스님 앞에서 팔을 자른 것을 기리기 위해서이다."

그리곤 보웅스님은 율곡에게 능가경楞伽經을 건넸다.

능가경은 석가모니가 능가성楞伽城에서 설하였다고 전하는 경전으로 여래장사상如來藏思想 형성에 중요한 위치를 차지하고 있는 불경이다.

이 경은 불교 여러 학파의 교설을 풍부하게 채택하여 혼합시켰으므로, 여러 교설들이 어떻게 종교적인 경험 속에서 결부되고 있는가를 보여준다는 점에서 매우 중요시되는 경전이다.

이 경에서 특히 강조되고 있는 중심사상은 무분별에 의한 깨달음覺이다. 중생은 미혹으로 대상에 집착하기 때문에 과거로부터 쌓아온 습기習氣로 말미암아 모든 현상이 스스로의 마음에 의해서 나타난 것임을 알지 못한다.

그러므로 의식의 본성에 의지하여 모든 현상이 스스로의 마음이 나타낸 바임을 철저하게 깨닫는다면 집착하는 자[能取]와 집착하게 되는 대상[所取]의 대립을 떠나서 무분별의 세계에 이를 수 있다.

이러한 의미에서 여래장설도 무아설無我說도 무분별의 경지에 이를 수 있는 방편이 된다고 한다. 또한 성스러운 지혜의 작용에 관해서 크게 강조하고 있으며, 무분별을 스스로 체험하는 철저한 깨달음에 의해서만 진리의 전개를 획득할 수 있다는 일관된 입장을 보여주고 있다. 이 밖에도 오법五法 · 삼성三性 · 팔식八識 · 이무아二無我 등에 대해서는 상세하게 밝히고 있다.

이 경은 일찍이 선종禪宗에서 많이 채택되었는데, 중국 선종의 제1조인 달마達磨가 중요하게 여겼던 것에서 비롯된다. 그러나 우리나라에서는 신라의 원효가 중국의 많은 주석가들에 앞서서 이 경의 중요성을 발굴하여 널리 인용하였다.(출처 한국민족문화대백과, 한국학중앙연구원)

"이것이 뭡니까?"

"능가경이다. 능가의 원래 이름은 '능가아발다라보경' 이다. '능가' 는 서천의 대불산 이름이고 '아발다라' 는 '진입進入' 이란 뜻으로 석가모니께서 정각한 후 능가산으로 들어가 103일 동안 제자들에게 교화하신 경전인데 내가 왜 이것을 네게 주는지 알겠느냐? 이제 불심을 잡고 '능가' 를 배우는 데 전념하거라. 이 경을 읽으면 번뇌로부터 벗어나 정신이 빛날 것이다."

능가경을 받아들고 대전을 나온 율곡은 그러나 산사로부터의 끌림에서 벗어나 세상 저 편에서 바라보았던 세상을 향해 걸어가고 있는 자신을 발견할 수 있었다.

금강산에 짓눌려 있는 산사를 돌아 암자 마하연을 오르면서 율곡은 분산되는 정신을 수습하며 세상 갈피에 함몰되어 있었다.

내가 태어난 강릉, 어린 시절을 보낸 강릉에서의 어머니 모습이 뚜렷하게 다가온다.

율곡을 잉태하다

서기 1536년(중종 31), 강원도 봉평 백옥포리에는 깊고 추운 겨울을 견뎌낸 사임당이 네 아이들과 살고 있었다.

들판엔 얼었던 땅들이 일제히 기지개를 켜며 일어나고 있었다. 봄의 전령사인 따뜻한 바람이 찬바람에 섞이어 머지않아 산수유가 꽃망울을 터뜨릴 것을 예고하고 앙상했던 나뭇가지에는 조금씩 봄이 움트고 있었다.

아이들이 자라면서 궁핍한 생활을 모면하기 위해 이곳으로 이사 온 사임당은 한양에서 돌아올 남편을 기다리고 있다.

"아버님은 언제 오십니까?"

열두 살이 된 선이 대청마루에 서서 멀리 동구 밖을 바라보며 서 있는 사임당에게 물었다. 어머니가 남편을 기다리고 있다는 것을 눈치로 알아차린 모양이다.

"글쎄다, 날씨도 풀리고 해서 오실 때가 되었는데. 걸음이 늦으시는구나."

"어머님이 이렇게 애타게 기다리시는 것을 헤아리신다면 하루라도 빨리 내려오서야 되는데요."

"무슨 일이 있으시겠지. 좀 더 기다려 보자."

그 시각, 남편 원수는 가족이 있는 봉평으로 빠른 발걸음을 하고 있었다. 해가 지기 전에 봉평에 다다르기 위해서였다. 하지만 3월의 해는 그리 길지 않아 봉평을 약 20여 리 남긴 대화라는 곳에서 그만 날이 저물고 말았다.

하는 수 없이 이곳에서 묵을 곳을 찾아 주위를 두리번거리는데 마침 주막 하나가 보였다.

"안에 계시오? 주인장 계십니까?"

그러자 주막 안에서 여인이 나왔다.

"날이 저물어 하룻밤 묵어갈까 하는데 괜찮겠소?"

"그러시지요. 안으로 드십시오."

여인은 원수를 안으로 안내했다.

"한양에서 바삐 오느라 때를 걸렀는데 밥상을 좀 준비해 주시겠습니까?"

"잠시만 기다리십시오. 준비하겠습니다."

머지않아 여인은 밥상을 들고 들어왔다.

"찬이 변변치 않지만 많이 드십시오. 때를 걸러 시장하다 하시기에 새로운 찬을 할 겨를 없이 내왔습니다."

"시장이 반찬이라 했지 않소? 고맙소."

밥상은 조촐했지만 반찬이 정갈했다. 해가 지기 전에 봉평에 도착하려고 변변히 식사마저 하지 못했던 원수는 저녁을 아주 맛있게 먹었다.

"주막이 예 있지 않았으면 곤란을 겪을 뻔하였소. 어중간한 곳에서 해가 저물어버리다니."

"이쪽 길이 초행이신가요?"

"초행이오. 강릉길은 여러 번 갔었지만 이 길을 지나는 것은 처음이오."

"이 길로 가도 강릉은 갈 수 있지요. 숭늉을 가져오겠습니다."

주막집 여인은 뒤태를 보이지 않게 뒤로 몇 걸음 물러나 방문을 열고 나갔다. 주막집 여인이라 하기엔 행동거지가 남달랐고 자태가 말끔했다.

따스한 숭늉을 마시고 밥상을 물리자 몸이 나른해지면서 알게 모르게 졸음이 몰려온다. 벽에 기대어 눈을 감고 있자 이내 잠들어버리고 말았다.

얼마나 지났는지 모른다. 인기척이 있어 눈을 떠보니 밖은 칠흑 같은 어둠이었다.

"주무셨습니까?"

방으로 들어서는 여인의 손에는 예상치 않은 술상이 들려 있었다. 원수는 얼른 자리에서 일어나 자세를 바로 하고 앉았다.

"한잔 하십시오. 그러면 피로도 풀리고 잠을 푹 주무실 수 있을 것 같아서 주안상을 준비했습니다."

여인은 아까와는 달리 분단장을 곱게 하고 옷도 허드레 치마와 저고리를 벗어버리고는 새로운 것으로 갈아입고 있었다.

"나도 모르게 깜빡 잠이 들었던 모양이오."

"피곤하셨나 보죠?"

"피곤하였소."

"한잔 받으시지요. 제가 직접 담근 술인데 술맛이 어떨지 모르겠습니다."

여인은 술을 따랐고 원수는 이내 술잔을 비웠다.

"술맛이 어떻습니까?"

"아, 좋구려. 향도 좋은 것이 아주 일품입니다. 그런데 이 술은 무슨 술이지요?"

"머루주입니다. 몇 년 된 것이지요."

"귀한 술이구려. 그런데 지나가는 길손에게 이렇게 막 내어 주시다니 아깝지 않소?"

"아닙니다. 다 드시고 부족하시면 말씀하세요. 더 내오겠습니다."

"한 잔 하시겠소?"

두 잔째를 비운 원수는 앞에 다소곳이 앉아 있는 주막집 여인에게 술을 권했다.

"아닙니다. 저는 여직 술을 배우지 못했습니다. 제가 한 잔 더 따르지요."

그리곤 얌전히 술을 따른다.

"흥미롭군요. 주막집 여인이 술을 못한다? 하하, 그럴 수도 있지요. 그런데 이 주막에서 혼자 지내시오?"

아무리 보아도 주막엔 여인의 인기척밖에 없어 물었다.

"네, 저 혼자입니다."

"혼인은 안 했소?"

"했었지요. 하지만 결혼한 지 얼마 되지 않아 남편이 갑자기 세상을 떠나는 바람에 지금 이 신세로 살아가고 있습니다."

"자식은 없소?"

"없습니다. 혼자 살아가기 외로워 자식 하나라도 있었으면 좋았으련만, 세상 일이 어디 뜻대로 되는 것이 있습니까? 팔자 사나운 계집은 이리도 박복합니다."

"혼처를 알아보시지 그러시오. 이렇게 주막집 여인으로 살아가는 것보다야 그러는 편이 낫지 않겠소?"

"잘 가봐야 소실로나 갈 텐데 그런 팔자일 바에야 차라리 혼자 사는 것이 편하겠지요. 자식만 하나 있다면 그 아이에게 의지해 사는 것이 어쩜 더 편한 일 아니겠습니까?"

"그도 그럴 것 같소."

"……자식 하나를 가졌으면 좋겠습니다."

주막집 여인은 그렇게 말한 뒤 얼굴을 붉혔다.

"……."

이내 여인이 자신을 통하여 바람을 충족시키려 한다는 것을 짐작한 원수는 말을 잃었다. 분위기가 갑자기 묘하게 흘렀다.

몇 잔 더 마시자 여인이 술상을 물리더니 아랫목에 이부자리를 깐다. 그리곤 옷고름을 살며시 푼다. 그것을 본 원수는 얼른 자리에서 일어나 밖으로 나가버린다.

문밖에서 여인에게 말했다.

"부인께선 홀몸이시라 의지할 자식을 가지시려 하나 저는 이곳에서 멀지않은 봉평에 처자가 있는 몸입니다. 그러니 그만 물러가도록 하시오."

여인은 원수의 말에 부끄러워 고개를 들지 못하고 방을 나와 어둠 속으로 사라졌다.

아침 일찍 서둘러 대화의 주막을 나온 원수는 다시 얼마 남지 않은 봉평으로 향했다. 두어 시간만 일찍 서둘렀어도 간밤의 그런 일을 겪지 않았을 것을, 원수는 그런 생각을 하다가 어느새 집에 도착했다.

"선아! 매창아!"

원수는 아이들 이름을 크게 불렀다.

"아버지!"

네 명의 자식들이 주르르 한꺼번에 몰려나왔다.

"어서 오세요."

사임당도 아이들 뒤에서 남편을 반갑게 맞이한다.

"이 시간에 당도하신 걸 보니 그리 멀지 않은 곳에서 주무시고 오시나 보네요."

"그렇소. 오다가 날이 저물어 대화 주막에서 유숙하고 오는 길이오. 집이 멀지 않아 밤길을 뚫고 올까도 생각했지만 굶주린 호랑이를 만나 화를 당하면 어쩌겠소? 그래서 주막에서 묵고 일찍 발걸음을 했지요."

"잘하셨어요."

"그동안 아이들 글공부는 많이 시켰소?"

"열심히 가르치기도 했습니다만 지들 스스로 열심히 합니다. 그리 큰 걱정은 안 해도 되겠어요. 하루가 다르게 학업이 쌓여가 가르치는 저도 힘든 줄 모르겠고 아주 기쁩니다. 우리 아이들은 애오라지 공부밖에 모르는 아이들이에요."

"아이들이 모두 당신을 닮았나 보구려. 당신은 많이 그렸소?"

"아이들 여럿을 가르치다 보니 저만의 시간을 내기가 좀 어렵지만 틈틈이 시간을 내서 열심히 했습니다. 그러는 당신은요?"

"나도 열심히 한다고 했소만 당신과 아이들 생각에 가끔 정신이 집중되지 않을 때가 있었소."

"그건 저도 마찬가지지요. 간혹 당신이 옆에 있었으면 할 때가 있더군요."

사임당은 그날 밤 실로 오랜만에 남편의 품에서 잠이 들었다.

새벽녘에 사임당이 꿈을 꾸었다.

푸른 동해바다였다. 한없이 넓고 푸른 바다, 그런데 물결치는 바다 한가운데서 사임당이 물에 빠지지 않고 수면에 우뚝 서 있었다. 다음 순간, 바다가 급격히 출렁이며 파도가 일어나는 것 같더니 이내 수면을 뚫고 무언가가 힘껏 솟아오르고 있었다. 놀라 살펴보니 아름다운 선녀였다. 그 선녀는 팔에 무언가를 안고 사임당에게로 다가왔다. 자세히 보니 선녀가 안고 있는 것은 옥같이 희고 고운 아기였다. 선녀는 그 아이를 사임당에게 안긴다. 그러더니 아무 말 없이 연기처럼 홀연히 사라진다. 이내 바닷물도 잠잠해졌다.

"선녀님, 선녀님!"

사임당은 강보에 싸인 아기를 안은 채 선녀를 불렀다. 그 소리에 놀라 남편이 잠에서 깨었다.

"여보, 여보!"

남편은 사임당을 흔들었고 잠에서 깬 사임당은 눈을 뜨고 멍하니 천정만 바라보고 있었다.

"무슨 꿈을 꾼 게요? 선녀님, 선녀님 하고 마구 부르던데."

"꿈을 꾸었는데 선녀님이 바다를 뚫고 나와 제게 옥동자 아기를 품에 안기고 갔어요."

"……?"

"이게 무슨 꿈이죠? 선녀님이 왜 꿈에 나타나시어 제게 아기를 안겨주고 간 것이죠?"

"예사로운 꿈은 아닌 것 같고 내가 생각하기론 아마 태몽이 아닐까 싶소."

"그럴까요? 태몽일까요? 모르겠어요. 어찌나 생생하던지 전혀 꿈같지가 않아요."

"꿈에 선녀가 나타나 아기를 안겨 주었으면 그건 틀림없는 태몽이오. 기막힌 태몽이란 말이오."

"당신 말대로 태몽이라면 이는 세상에 둘도 없는 태몽 아닌가요? 이런 태몽을 꾸고 잉태한 아기라면? 사내 아이였으면 좋겠어요."

"선녀가 옥동자를 안기고 갔다니 아들이 분명할 거라 생각하오. 하지만 선과 번도 있는데 굳이 아들을 생각할 필요까지 있겠소?"

"하도 꿈이 좋아서 그러지요. 이런 꿈을 꾸고 계집을 낳아봐야 뭐하겠어요. 꿈이 아깝지요."

"당신과 같은 딸을 얻을 수 있다면 그보다 좋은 태몽이라도 아깝지 않지요."

"삼종지도를 받들고 사는 여인의 숙명이 별다를 수 있나요? 여자에겐 제약이 너무 많아요."

"어디 한 번 지켜보도록 합시다, 좋은 꿈을 꾸었으니."

산수유 꽃망울이 터지자 봄이 오고 있었다. 휘적휘적 불어오는 바람에 한기는 모두 빠져 있어 싱그러웠다.

"계절은 어찌 이리도 정확한지요? 자연의 이치가 주는 함의가 있지요."

"어떤 함의가 있소?"

"오라고 해도 오던가요? 가라고 해도 가던가요? 기다리면 때가 되어 찾아온다는 뜻을 알리지요. 이보다 뚜렷한 가르침은 없어요."

"맞소."

"발에 밟히는 흙의 질감에서도 봄을 느낄 수 있는데, 따뜻한 바람에 부풀어 오른 땅을 밟으며 이렇게 당신과 함께 산책을 하고 있으니 너무 좋군요."

"당신과 아이들 키우며 이렇게 오순도순 살고 싶은데 현실이 따라주지 않아 아쉽소."

"그런 날이 오겠지요."

"이것 보구려, 벌써 냉이가 올라오고 있소."

원수는 마른 밭에 난 냉이를 발견하고 다가갔다.

"냉이는 봄을 알리는 전령사요. 보시오. 냉이가 지천에 깔려 있질 않소?"

"그러네요, 제법 많이 올라왔는데요. 냉이를 캐다가 오늘 냉잇국을 끓여 드릴까요?"

"좋지요. 된장을 풀고 맛있게 끓여 주시오."

"봉평은 참 좋아요. 처음 이곳에 왔을 때는 조금 낯설었는데 다른 고장과 달리 고유의 품이 있어요."

"봉평 고을이 마음에 든다니 다행이구려."

사임당과 원수는 냉이를 캐며 두런두런 이야기를 나누었다. 어느새 냉이가 치마폭 가득이었다.

"그만 캐도 되지 않겠소?"

"되겠어요. 냉이가 싱싱하고 향이 진해서 된장국을 끓이면 아주 별미겠는데요."

"갑시다."

함께 손을 잡고 집으로 향하는 발걸음이 가벼웠다.

사임당은 남편을 맞이하고 태몽을 꾼 후 두어 달 지나 입덧을 하면서 임신한 것을 알았다.

"여보, 입덧하는 것을 보니 임신한 것이 맞아요."

"그렇다면 그 때 꾸었던 꿈이 태몽이었다는 것이 증명된 게 아니오?"

"그런 것 같아요."

"어떤 아이가 태어날 것이기에 꿈에 그런 길몽을 주셨을까? 쉽게 꾸어질 꿈은 분명 아닌데, 어쨌든 예사로운 꿈이 아닌 것은 분명하고 하늘이 주신 귀한 아이가 분명하니 특별히 몸조심을 해야 하오. 보는 것, 듣는 것, 말하는 것 등 태교에 각별히 신경을 쓰도록 하시오."

"알겠어요."

"당신이 해산할 무렵 다시 내려오리다."

남편이 집을 떠나는 날은 하얀 아카시아가 여린 바람에도 견디지 못할 정도로 만개하고 있을 때였다. 남편과 함께 산 두어 달의 시간은 허공에 머물다 소리 없이 땅에 내려앉는 꽃잎의 그 체공 시간만큼이나 짧게 느껴졌다.

원수는 한양 길에 올랐다. 한양으로 가면서 원수는 대화의 그 주막에 들렀다.

"나를 기억하시오? 그때 그 술맛을 잊지 못해 들렀소."

"어서 오십시오. 기억하고말고요. 분명히 기억합니다."

원수를 방으로 안내한 여인은 금방 술상을 차려왔다. 술은 그때 마셨던 머루주였다.

"일전에는 제가 실례를 했습니다. 선비님께서 넓으신 아량으로 용서하십시오."

"아니오, 다 지난 일이오."

"말씀드리자면 제가 일찍이 주역을 배워 사람의 인상을 보고 미래를 점치는 재주가 하나 있습니다. 그때 제가 손님을 뵈었을 때 손님의 자태에서 광채를 느꼈고 그 광채를 받으면 귀한 아들을 얻을 수 있을 것 같았습니다. 혼자 외롭게 사는 몸이라 그 귀한 아기를 제가 잉태하고 싶었던 것입니다. 하지만 이제 그 귀한 아기는 선비님 부인의 몸에서 잉태되었을 것이고 아주 훌륭한 아들을 얻으실 겁니다."

"아들인지 딸인지는 확실하지 않지만 아이를 가진 것만은 분명하오."

그리곤 아내가 꾼 태몽도 설명했다.

"그 아이는 인시(寅時 : 새벽 네 시)에 태어날 것이며 분명 아들입니다. 그런데 다섯 살쯤 되면 굶주린 호랑이에게 당할 위험이 있으니 각별히 신경을 써야 합니다."

그 말에 원수는 깜짝 놀라 물었다.

"아니! 호랑이에게 당할 위험이라니요?"

원수는 눈을 크게 뜨고 여인을 바라봤다.

"훌륭한 인물이 될 사람은 꼭 그러한 위기가 닥칩니다. 슬기롭게 그것을 넘겨야 합니다."

"그렇다면 방책이 없겠소? 위기를 예견하면 위기를 뛰어넘을 방책도 있으리란 생각인데요."

"있지요. 방책이라면 덕을 쌓는 일입니다. 꼭 덕을 쌓는 일을 하셔야만 위기를 넘을 수 있습니다."

"그것이 무엇이오? 어떻게 덕을 쌓아야 하는지 방법을 가르쳐 주시오."

"밤나무 천 그루를 심으십시오. 그리고 그 밤을 사람들에게 고루 나누어 주십시오. 아드님이 다섯 살이 되면 분명 어느 노승이 찾아올 것입니다. 그러나 노승은 백년 묵은 호랑이가 변신한 것이니 조심해야 합니다. 그 노승이 선비님께 와서 아이를 찾을 겁니다. 하지만 절대로 아드님을 보여주어선 안 됩니다. 그리곤 '나도 덕을 쌓은 사람이다!' 라 말하고 심은 밤나무 천 그루를 보여주십시오. 그러면 화를 면할 것입니다."

"밤나무를 심는다면 어디에다 심어야 합니까?"

"장소는 중요하지 않습니다. 덕을 쌓는 일에 때와 장소가 있는 것은 아니니까요."

"알겠소. 꼭 그렇게 하겠소."

원수는 주막집 여인과 작별하고 한양으로 발걸음을 옮겼다.

율곡의 탄생

가을로 접어든 봉평은 천지가 단풍으로 발갛게 물들어 가기 시작했다.

바람이 훅하고 불면 일찍 엽록소를 잃은 나뭇잎들은 땅바닥으로 곤두박질한다. 바람이 불면 바람이 부는 대로 이리저리 대지에 휩쓸리며 신음한다. 사임당은 그런 대자연을 흠모하며 아들인 열두 살 선, 딸인 일곱 살 매창과 함께 산책에 나섰다.

"선이와 매창이가 이렇게 커서 어미와 함께 산책을 즐기니 더없이 행복하구나."

봄날 남편과 함께 거닐던 생각이 난다.

"저희들도 어머니와 산책하니 좋아요."

"아무렴. 산책하면서 자연이 주재하는 것을 살피고 맑은 공기도 마시고 장차 내가 어떠한 사람이 될 것인가 하는 생각에 몰두해 보기도 하고 말이야."

"봉평은 경치가 좋아 앞으로 종종 산책을 즐겨야겠어요."

"아무렴, 좋지. 혼자만의 시간을 가지고 명상을 한다면 여러모로 좋을 것이다. 조용히 자신을 되돌아보는 시간도 가질 수 있고. 자기반성의 시간을 가지면서 무엇을 어떻게 해야 할 것인가도 깊이 생각해 보고 말이야."

"자기 두둔은 어떤가요? 자기반성의 시간이 필요하다면 자기를 두둔할 시간도 필요하지 않을까요?"

선이 말한다.

"당연하지. 자기 두둔은 그만큼 자신에게 충실했을 때 내리는 결론이다. 암, 필요하지 필요하고말고."

매창은 어머니와 오라버니가 나누는 대화를 조용히 들으며 보폭을 맞추고 있었는데 품새가 어린애 같지 않았다.

"명상의 시간을 가지면 내가 무엇을 해야 할 것인지 깊이 생각할 수 있고 경서에서 찾은 좋은 말들을 교훈삼아 행동하게 된다. 바로 그것이 명상의 뜻이라고 나는 생각한다. 선아, 그리고 매창이도 잘 들어라. 사람은 말이다. 공부를 하면 그 과정에서 누구나 공고히 새겨 둘 말을 찾게 되는데 그것을 새겨라. 마음에 새기든 벽면에 새기든 기둥에 새기든 말이야."

"그래서 어머니께선 저희들에게 공부하다 좋은 글귀가 있으면 기둥에다 써서 붙이라고 하시는 것이었군요."

"그것이 나의 교육법이라면 교육법이다. 내친 김에 오늘 너희들에게 장사숙張思叔의 좌우명을 들려주어야겠구나. 새겨두기 좋은 말이다."

"장사숙이라면? 중국 북송시대의 학자를 말하는 것입니까?"

"오냐, 들어보거라."

그리곤 사임당은 찬찬히 아이들이 잘 새길 수 있도록 풀어서 이야기한다.

좌우명에 이르기를,

무릇 말은 반드시 충성스럽고 믿음직스러워야 하며, 모든 행동은 반드시 돈독하고 공경스러워야 한다. 음식은 반드시 삼가고 절도 있게 해야 하며, 글씨는 반드시 고르고 바르게 써야 한다. 용모는 반드시 단정하게 갖추어야 하며, 의관은 반드시 엄숙하고 바르게 하여야 한다. 걸음걸이는 반드시 편안하고 차분하게 하며, 거처하는 곳을 반드시 바르고 정숙하게 해야 하며, 일을 할 때에는 반드시 먼저 계획을 세운 다음에 해야 하고, 말을 할 때는 반드시 실행 여부를 생각해서 해야 하며, 덕은 반드시 굳게 가지며, 승낙하는 것이라면 반드시 신중히 대응해야 하며, 착한 것을 보았을 때는 반드시 마치 내 몸에서 나온 것같이 여기고, 악한 것을 보았을 때는 반드시 내 몸의 병처럼 여겨야 한다.

"이 열네 가지 좌우명은 장사숙 스스로가 깊이 살피지 못했던 것이기에 이것을 써서 방에 붙여두고 아침저녁으로 경계를 삼았다고 한다. 이들 내용에서 반드시라는 말에 방점을 두도록 해라. 그냥 살피는 것이 아니라 '반드시' 라고 해서 꼭 지킬 것을 맹세한 그의 좌우명은 우리들에게 좋은 귀감이 될 터, 누구든 좌우명으로 삼아도 될 좋은 말이다."

"알겠습니다. 꼭 마음에 새기겠습니다."

날씨가 조석으로는 제법 쌀쌀해지기 시작한다.

그러자 추운 날씨에 더구나 네 아이가 있는 타지에서 혼자 해산할 수 없다고 생각한 사임당은 몸이 더 무겁기 전에 강릉으로 거처를 옮기기로 했다.

하루가 다르게 불러오는 배는 사임당을 초조하게 했다. 그래서 한양의 남편에게 서찰을 보낼까 하는 생각도 했다. 하지만 다소 힘들겠지만 그냥 혼자 짐을 꾸리고 이사를 끝낸 뒤에 알리기로 했다.

강릉으로 거처를 옮기기 위해 이사하는 날은 날씨가 화창하였다. 며칠 전부터 꾸물꾸물하던 날씨가 어제는 가을비를 뿌려 단풍 물든 나뭇잎들이 자신의 무게를 이기지 못해 우수수 떨어졌는데 오늘은 화창하게 개어 정말 다행이었다.

달구지에 가재도구를 싣고 사임당의 식구들은 아침 일찍 봉평을 떠났다.

막내딸까지 시집보내고 몇 년째 혼자 살아오던 어머니 이 씨는 사임당의 식구들이 오자 얼마나 반가웠던지 버선발로 달려 나왔다.

"어머니."

"그래그래, 어서 오너라."

사임당이 친정으로 온다는 것을 미리 연락받은 어머니는 딸과 손자들을 반갑게 맞이했다.

"아이들 데리고 오느라 애썼다."

"날씨가 좋아서 다행이었어요."

"그러게 말이다. 어제 비가 많이 오기에 이거 큰일 났다 싶었는데 언제 그랬냐 싶게 오늘 이렇게 맑았구나. 내 기분 따라 날씨도 왔다갔다 하는가 보다."

"저도 어쩌나 싶었어요. 그나저나 죄송해요, 어머니께 잠시 신세를 지려고 왔어요."

사임당은 친정으로 아이를 낳으러 온 것이 미안해서 그렇게 말했다.

"쓸데없는 소릴 다 하는구나. 자식이 어미를 찾아온 것인데 무슨 그런 소릴 해? 어미는 지금 너희들이 와서 얼마나 좋은지 모른다. 춤이라도 추고 싶을 정도야. 내가 그동안 혼자 살며 얼마나 적적했는지 아니? 잘 왔다, 정말 잘 왔어. 그러니 마음을 편안히 갖도록 해라."

부모에겐 금의錦衣를 입고 오는 자식이나 포의布衣를 입고 오는 자식이나 결코 다를 리 없다. 그냥 자식이라는 존재로 한없이 반가울 뿐이다.

어머니 이 씨는 백발이 성성했고 주름도 많이 늘었다. 그동안 뵙지 못한 사이 세월이 어머니의 모습을 많이 변하게 했다. 헤아리니 벌써 어머니 나이 쉰여덟이었다.

"어머니도 이젠 많이 늙으셨어요."

어머니의 모습을 보면서 사임당은 안타까운 마음이 들었다.

"내 나이가 벌써 얼마냐? 환갑을 저쯤에 두었으니 늙는 것은 당연하지."

"어머니 연세가 벌써 그렇게 되셨네요."

"그러는 넌? 내겐 아직도 어린 딸만 같은데 네 아이의 엄마가, 아니지 뱃속에든 아이까지 합하면 다섯 아이의 엄마가 되지 않았느냐? 세월이 참 화살같이 빠르구나."

"그러게 말이에요, 저도 어느새 이렇게 됐는지 모르겠어요. 실감이 나질 않아요."

"늙은 몸뚱아리 끼고 앉아 지난날을 돌이켜 보면 사람 한평생이란 게 별거 아니란 생각이 들 때가 많더구나. 진즉 알았더라면 인생을 좀 더 값있게 살 걸 하는 후회가 든다."

"그래도 남들에 비하면 어머니의 삶은 가치 있었다고 생각해요. 부모에게 효도하고 남편 공경 잘하시고 또 자식들을 한결같이 잘 키우셨잖아요. 그러니 건강에 신경 쓰시고 아주 오래오래 사세요."

"그런가? 글쎄 다른 건 몰라도 내 딸 사임당만은 내가 잘 키웠다는 자부심이 있긴 하다. 너를 이렇게 보고 있노라면 열 아들 부럽지 않아."

"제가 어렸을 때 어머닌 노래를 부르셨어요."

"내가 노래를? 무슨 노래?"

"네가 아들이었으면 좋았을 텐데, 아들이었으면 좋았을 텐데 하는 말을 얼마나 많이 하셨는지 몰라요."

"그랬지. 그 생각은 지금도 변함이 없다. 하늘도 무심하시지. 딸 다섯을 주시면서 너 하나쯤 아들로 주셨으면 얼마나 좋았겠니?"

"그러게요."

"네가 아들이었으면 너는 큰 인물이 되었을 거다. 지금쯤 벼슬에 나가 높은 자리에서 나랏님을 보필하고 백성들로부터 존경받는 인물이 되었을 거야."

"그랬을까요?"

사임당이 미소 짓는다.

"암, 틀림없이 그렇게 되었을 거야."

이 씨가 딸의 손을 잡고 고개를 끄덕인다.

당시 조선시대 여성들은 아무리 뛰어난 글재주를 가져도 과거시험에 응시할 수 없었고 벼슬길도 열지 못했다. 그 한스러움을 간접적으로 토로하는 말이었다.

벌써 며칠째 함박눈이 내리고 세상은 온통 하얀 빛이었다. 만삭으로 몸이 무거운 사임당은 후원으로 나와 그 눈을 맞으며 대나무 숲에 내려앉는 눈의 윤무를 바라보고 있었다. 오죽은 화관을 쓴 듯했다. 대나무의 검은 빛과 하얀 눈의 색깔이 묘한 대조를 이룬 아름다운 세상이 여기에 있었다.

"아가야, 지금 세상은 하얀 눈이 내리고 있단다. 아름다운 세상, 이 아름다운 세상으로 어서 오너라."

그러자 이 말을 들은 것처럼 뱃속에서 아기가 조금씩 꿈틀거린다. 아기의 움직임이 있다. 사임당의 말에 화답이라도 하듯 뱃속에서 아기는 발로 차기도 하고 여하튼 다른 때와 달리 움직임이 크다. 생명에 대한 경외로움이 저 가슴 밑바닥에서 잔잔하게 밀려온다.

해가 저물어 갈 무렵 눈이 그치고 겨울바람이 매섭게 불어와 문풍지를 사정없이 흔들어댔다.

출산 예정일이 점점 다가오자 어머니 이 씨는 해산에 필요한 물품들을 챙기며 딸의 출산을 기다리고 있었다. 그 무렵 무릎까지 쌓인 눈 속을 뚫고 남편이 한양에서 내려왔다.

"이사를 하려면 한다고 내게 연락하지 그랬소? 아이를 가진 무거운 몸으로, 거기다 아이들까지 줄줄이 데리고 혼자 이사를 하다니……."

"먼 거리도 아니니까요. 이삿짐도 많지 않았고요. 연락한다는 것이 마음에 내키지 않았고 어쨌든 잘 끝냈잖아요."

"몸은 어떻소? 이제 해산할 날이 얼마 남지 않았는데."

"괜찮아요."

"내 항상 당신에게 미안하오. 무엇하나 지아비로서 하는 일이 없으니 면목이 없구려."

"그런 말씀 마세요. 이렇게 당신이 옆에 있으니 얼마나 든든하고 좋은지 모르겠네요."

남편이 곁에서 자리를 지키고 있자 사임당은 정말 마음이 놓이고 평온했다.

1536년 해가 저물어 가는 음력 섣달 스무엿샛날이었다.

사임당은 진통을 느끼다 새벽녘에 잠시 잠이 들었다. 그리곤 꿈을 꾸었다.

검은 비늘에 금빛 목걸이를 한 용이 동해 바다에서 불쑥 수면을 박차고 하늘로 솟구쳤다. 그리곤 찬란한 빛깔을 뽐내며 용틀임을 해대더니 쏜살같이 사임당에게로 달려든다. 놀라 몸을 움츠리자 자신의 방문머리에 앉아 사임당을 바라본다.

아아!

잠깨어 눈을 뜬 순간 한꺼번에 몰려드는 진통, 사임당은 자신의 몸 전체를 쏟아내는 것 같은 느낌을 받은 순간 응애! 응애! 하는 아기의 울음소리를 들었다.

"아이고, 아들이네!"

산파의 소리에 사임당의 어머니 이 씨는 사위의 손을 잡으며 기쁨을 감추지 못했다.

"이서방, 아들이라네."

"네, 장모님."

"축하드리네. 하여튼 자네나 사임당이나 자식 복은 타고난 것 같구먼. 아무렴, 뭐니 뭐니 해도 세상에서 복을 말하자면 자식 복이 제일이지. 암, 제일이고말고!"

그런데 순간, 원수는 몸이 굳고 머리가 쭈뼛했다. 시간을 살피니 아이가 태어난 시가 인시이고 아들이다. 주막집 여인의 얘기가 결코 예사로운 얘기가 아니었음을 즉시 깨달았다.

원수는 아들이 태어나 기뻐하는 순간에도 그 여인의 말을 마음속에 담고 있었다.

"그 아이는 인시에 태어날 것이며 아들입니다. 그런데 다섯 살쯤 되면 굶주린 호랑이에게 당할 위험이 있으니 각별히 신경을 써야 합니다."

그 말에 원수는 깜짝 놀라 물었다.

"아니! 호랑이에게 당할 위험이라니요?"

원수는 눈을 크게 뜨고 여인을 바라봤다.

"훌륭한 인물이 될 사람은 꼭 그러한 위기가 닥칩니다. 그것을 견뎌내야 합니다."

"그렇다면 방책이 없겠소? 위기를 예견하면 위기를 뛰어넘을 방책도 있으리란 생각인데요."

"있지요. 방책이라면 덕을 쌓는 일입니다. 덕을 쌓는 일을 하셔야 합니다."

"그것이 무엇이오? 어떻게 덕을 쌓아야 하는지 그 방법을 가르쳐 주시오."

"밤나무 천 그루를 심으십시오. 그리고 그 밤을 주위 사람들에게 고루 나누어 주십시오. 아드님이 다섯 살이 되면 분명 어느 노승이 찾아올 것입니다. 그러나 노승은 백년 묵은 호랑이가 변신한 것이니 조심해야 합니다. 그 노승이 선비님께 와서 아이를 찾을 겁니다. 하지만 절대로 아드님을 보여주어선 안 됩니다. 그리곤 '나도 덕을 쌓은 사람이다!' 라 말하고 심은 밤나무 천 그루를 보여주십시오. 그러면 화를 면할 것입니다."

화를 면할 방책을 다시 곱씹으며 원수는 이를 꼭 실행하리라 다짐하였다. 설령 그 말이 단순 주역을 공부한 주막집 여인의 황당한 이야기일지라도 그냥 넘어갈 수 없는 이유가 그녀가 예견한 것이 딱 맞아떨어졌기 때문이다. 그렇다면 주막집 여인이 말한 것들이 현실로 나타날 수 있다는 사실을 외면할 수 없었다.

"수고했소."

원수는 사임당의 손을 잡으며 곁에서 산파가 목욕을 시키는 아들의 모습을 바라봤다.

율곡이 태어났다.

출산하기 전 용을 보았다 해서 이름을 현룡見龍이라 짓고 현룡이 태어난 방을 몽룡실夢龍室이라 불렀다.

이듬해 봄이 되자 원수는 주막집 여인의 예언을 믿고 고향인 파주 노추산에다 밤나무 천 그루를 심기 시작했다. 이는 장차 있을지도 모를 화를 막는 일이었다.

밤나무 천 그루를 심는 일은 결코 쉬운 일이 아니었다. 그러나 장차 아들에게 일어날지 모를 화를 막는 길이라 며칠 동안 혼신의 힘을 다해 밤나무 묘목을 정성스럽게 심었다.

아이는 밤나무와 함께 자랐다. 원수는 수시로 노추산에 들어가 밤나무가 잘 자라도록 정성을 다해 살폈다. 마치 자식에게 공을 들이듯 했다.

"밤나무가 탈 없이 잘 크고 있구려. 다행이오."

노추산을 다녀온 원수가 집으로 들어서며 말한다.

"잘 커야지요. 혹시라도 그 말이 맞는다면 한 그루라도 죽거나 하면 큰일이지요."

일하던 손을 털고 사임당이 우물가로 가 손을 씻는다. 원수가 마루에 걸터앉아 이마에 흐른 땀을 손등으로 쓱하고 씻어낸다.

"현룡인 자오?"

"네, 조금 전에 젖을 물렸더니 금방 잠이 들더군요."

사임당은 율곡을 임신하였을 때도 다른 아이들을 가졌을 때와 마찬가지로 틈나는 대로 책을 읽고 그림을 그리며 태교에 힘썼다. 아이가 태어나서도 천자문과 사자소학 등을 계속 읽어주었다. 이러면 귀가 트일 것이고 공부에 흥미를 가질 것이란 생각 때문이었다.

현룡이 두 살이 될 무렵 사임당은 여섯째 아이를 임신하였다. 그래서 현룡은 외할머니의 등에 업혀 보내는 시간이 많았다.

현룡은 세 살 때부터 글을 읽기 시작했다. 어느 날 외할머니가 석류를 가지고 와 이것이 무어냐고 물었다. 그러자 현룡이 말했다.

"은행 껍질은 푸른 옥구슬을 머금었고, 석류 껍질은 부서진 붉은 진주를 싸고 있네."

이는 옛 사람이 쓴 시의 한 구절로 그 구절을 기억하고 이 시구를 인용해 말한 것이다. 이렇듯 세 살밖에 되지 않은 아이는 놀라운 재능을 나타내 주위 사람들을 놀라게 했다.

사임당은 여섯째를 낳았다. 딸이었다.

몸이 약하여 염려되었던 것과 달리 아이를 낳는 데 별다른 고생 없이 순산했다. 이번에도 출산에 맞춰 남편 원수가 한양에서 내려와 곁을 지켜주었다.

현룡은 형과 누나들이 공부하는 것을 옆에서 지켜보며 글을 익히는데 천자문은 물론 사자소학, 효경, 명심보감 등 모조리 글을 읽고 그 내용을 파악하는 천재적인 재능을 계속 보여주었다.

"에미야, 현룡이 정말 보통내기가 아니구나. 어떻게 어린아이가 저런 재능을 보일 수 있는지 모르겠구나. 신경 써서 잘 가르쳐야겠다."

"그래야 할 것 같아요."

"보아하니 저 아이가 크면 벼슬자리 하나 꿰차는 것은 문제가 없을 듯싶다. 정승 자린 어떨까?"

이 씨가 웃음을 보인다.

"어머니, 너무 앞서 나가서 생각하시는 것 아네요? 정승 자리가 어디 아무나 오르는 자리입니까? 실력이 있어야 하는 것은 물론 하늘의 도움이 있어야지요. 시대 운도 타고나야 하고요."

"아이가 저렇게 천재적인 재능을 보이면 기대 못할 것도 없다. 나는 기대할 테다."

"그래도 지금 너무 어리잖아요."

"어리지만 하도 똑똑해서 해본 소리다."

"굳이 벼슬자리가 아니라도 학문이 깊어 사람들에게 존경받으며 살아간다면 저는 만족해요."

"나도 같은 생각이다. 벼슬에 오르면 오를수록 모함과 질시가 난무하고 조금이라도 더 높은 자리에 오르기 위해서 혈안이 되어 남을 죽이는 것은 예사로운 일이고, 사람들이 말은 벼슬, 벼슬한다만 에이구, 마뜩치는 않다."

이 씨는 고개를 저으며 현룡의 손을 잡고 밖으로 나간다.

현룡이 다섯 살 때였다.

어느 날 금강산에서 왔다는 노승이 찾아왔다. 그리곤 아이를 보여달라는 것이었다. 순간 원수는 가슴이 철렁 내려앉았다. 그동안 주막집 여인의 말을 믿고 혼신의 힘을 다해 밤나무 천 그루를 심어온 원수는 이게 현실로 드러나자 얼른 정신을 차리고 그 여인이 시키는 대로 말했다.

"나는 덕을 쌓기 위해 밤나무 천 그루를 심었소."

"그래요? 그럼 어디 한번 보여주시오."

원수는 그 길로 노승을 파주 노추산으로 안내해 밤나무 천 그루를 보여주었다.

"자, 보시오. 여기 있는 밤나무는 모두 내가 심은 것들이오. 천 그루라오."

그러자 노승은 밤나무 한 그루 한 그루를 자세하게 세어본 뒤 천 그루인 것이 확인되자 연기처럼 사라졌다. 이 노승이 바로 백 년 묵은 호랑이가 사람으로 변신하여 나타난 것이다.

"휴우!"

화를 면한 원수는 가슴을 쓸어내렸다.

집으로 돌아온 원수는 먼저 현룡을 불렀다.

"현룡아! 현룡이 어디 있느냐?"

그러자 현룡이가 안방에서 쪼르르 달려나왔다.

"네, 아버지. 부르셨어요?"

"아, 아니다."

현룡에게 아무 일도 없는 것을 확인한 원수는 안심하고 사임당이 누워 있는 안방으로 들어갔다. 사임당은 여전히 자리를 보전하고 있었다.

"여보, 좀 어떻소?"

"다녀오셨어요? 잘 됐나요?"

"좀 어떠냐니까요?"

"괜찮아요. 어젯밤엔 열이 좀 있어 고생했는데 지금은 한결 괜찮아요."

"아이들을 봐서라도 당신이 어서 자리를 털고 일어나야 하오."

"파주에 갔었던 일은요?"

사임당은 궁금하여 재차 물었다.

"노승이 밤나무를 하나하나 세더니 숫자가 맞는 걸 확인하곤 연기처럼 사라져버렸소. 분명 백년 묵은 호랑이였소. 얼마나 가슴을 졸였는지 죽는 줄 알았소."

"다행이네요. 어찌되었든 무사히 지나갔으니 정말 다행이에요."

"액운을 때우고 한시름 놓았으니 이제 당신만 건강하면 되오."

"미안해요. 몸이 약해 자꾸 누워 있게 되니 당신 볼 면목이 없어요. 몸이 아픈 날이 많아 아내 도리도 소홀하게 되고 말예요."

"나야 상관없지만 병을 이겨내려 노력하는 당신은 정작 얼마나 고통스럽겠소. 그게 신경 쓰일 따름이오."

"이렇게 누워 있으면 당신과 시어머님께 얼마나 고맙다는 생각이 드는지 몰라요. 저는 복 받은 여자예요. 과분한 복을 누리고 있어요."

"그렇게 생각한다니 오히려 내가 고맙소."

그때 밖에서 소란스런 소리가 들렸다.

"현룡이가 안 보여요, 현룡이가 없어졌어요!"

맏이 선의 목소리였다.

"이게 무슨 소리죠? 현룡이가 없어졌다니요?"

"무슨 일인데 이렇게 호들갑이냐?"

원수가 밖으로 나왔다.

"현룡이가 없어요. 한참을 찾아봐도 없어요."

매창의 말이었다.

“얼른 나가서 찾아보아라. 어린애가 가봤자 어딜 갔겠느냐? 멀리 가지는 못했을 것이다.”

그렇게 말한 원수는 갑자기 온몸에 소름이 돋았다. 혹시 노승이 현룡이를 데려간 것이 아닌가 하는 불안이 엄습해 온다.

원수는 급히 밖으로 나와 멀리 동구 밖까지 나가 살펴보았다. 하지만 현룡의 모습은 그림자도 보이지 않았다.

“이를 어쩐다? 사단이 났구먼. 그러지 않고서야 아이가 이렇게 갑자기 사라질 수가 있나?”

원수의 뇌리엔 온통 불길한 생각뿐이었다. 노승이 어른거리고 주막집 여인이 예견했던 말이 귓전에서 왱왱댔다.

다리가 풀리고 넋이 나갔다.

“현룡이 못 보셨어요? 우리 현룡이 혹시 보지 못했나요?”

마을 사람과 마주칠 때마다 원수는 묻고 또 물었다.

“못 보았는데요. 왜 없어졌어요?”

“우리 현룡이가 안 보여서요.”

“어린애가 가면 어딜 갔겠어요. 동무들과 어울리고 있겠지요. 개똥이네도 가보고 만석이네도 가보시오. 또래들과 아마 함께 놀고 있을 것이요.”

마을 사람의 말대로 또래 아이들의 집에도 일일이 찾아가보았지만 현룡이는 없었다.

“큰일 났구먼, 큰일 났어. 무슨 일이 생긴 게 틀림없어.”

마을을 뒤지다시피 하며 한참을 찾아 헤매고 있는데 마을 뒷산

쪽에서 내려오는 아이들의 모습이 보였다.

"아니!"

매창과 현룡이었다. 헛것을 본 것이 아닌가 해서 유심히 살펴보았는데 현룡의 손을 잡고 내려오는 아이는 매창이 분명했다.

원수는 순간 다리가 풀리고 몸을 지탱할 수 없을 정도로 맥이 풀렸다.

"아버지."

"으음, 매창아."

"현룡이 찾았어요."

"어디서 찾았느냐?"

"사당에서요."

매창은 동네를 찾아다니다가 현룡을 찾을 수 없게 되자 혹시나 하는 마음으로 사당으로 가보았다. 역시 예감대로 현룡이 외할아버지 사당 앞에 엎드려 기도를 하고 있었다.

"할아버지, 어머니를 빨리 낫게 해주세요. 어머니가 아파서 열이 많이 나요. 제가 대신 아플 테니까 어머니를 제발 낫게 해주세요. 이렇게 빌게요!"

"현룡아!"

매창이 불렀지만 들은 체도 하지 않고 계속 기도를 하며 울먹인다.

"할아버지, 조상님께 이렇게 간절히 빌 테니 어머니를 제발 살려주세요. 어머니가 돌아가시면 저희는 살 수가 없어요. 그러니 제발 도와주세요."

얼마나 애절하게 기도하던지 매창은 현룡의 기도가 끝날 때까지 기다렸다.

"현룡아, 얼른 내려가자. 지금 온 식구들이 널 얼마나 찾고 있는 줄 아니?"

그렇게 매창이 현룡의 손을 잡고 집으로 돌아오는 것이었다.

"매창아, 현룡이가 사당에 있을 것이라는 것을 어떻게 짐작했느냐?"

"아버지, 얘가 보통 애가 아니잖아요. 그러고도 남을 아이였거든요. 혹시나 해서 가봤더니 역시 거기에 있더라고요. 정말 기가 막히더라니까요."

"현룡아."

"네, 아버지."

"사당에 가서 조상님께 간절히 기도하면 어머니 병이 나을 수 있다고 생각했느냐?"

"네, 조상님께 간절히 빌면 하늘이 감동하여 기도를 들어주신다고 그래서요."

"누가 그러더냐?"

"효경에서 읽었어요."

"그래?"

원수는 어린 아들의 머리를 쓰다듬었다.

현룡이가 없어졌다는 소리에 사임당은 놀란 가슴을 끌어안고 제발 아무 일 없기를 바라며 눈을 감았다. 몸을 움직이는 것이 힘들어 걱정을 하면서 그대로 누워 있었다.

"현룡이를 찾았어요!"

밖에서 선의 목소리가 들렸다. 그 소리에 사임당은 가슴을 쓸어내리고 방문을 바라보았다.

"어린 녀석이 참!"

원수가 현룡을 앞세우고 방으로 들어서더니 털썩 자리에 앉는다.

"어디서 찾았어요?"

"현룡이한테 직접 물어보시오."

사임당이 현룡이에게 말한다.

"거기 앉거라. 대체 어디를 갔다 왔기에 온 식구들이 너를 찾게 했느냐?"

"……."

"얘길 해보거라."

"……!"

"글쎄, 말도 마시오. 어린것이 어떻게 그런 생각을 다 했는지 모르겠소. 기가 막혀서 참!"

사임당이 자리에서 억지로 일어나며 묻는다.

"무슨 일이 있었는데요?"

그러자 원수가 매창한테 들은 그대로 자초지종을 설명했다. 그러자 그 말을 들은 사임당은 현룡의 머리를 쓰다듬으며 흐뭇한 미소를 지었다.

"대견하구나. 어미가 너의 정성을 봐서라도 얼른 일어나야겠다. 어린 너의 정성이 하늘을 찌르는데 어떻게 일어나지 않을 수 있겠니? 걱정하지 마라."

"어머니, 어서 빨리 병이 나으셔서 우리 식구들 걱정하지 않게 해주세요."

"오냐, 그래야지. 어미가 미안하다."

현룡의 기도가 있은 후 사임당은 정말 빠르게 회복하였다. 현룡의 갸륵한 효심이 병을 이기는 힘이 된 것 같았다.

사임당이 건강을 회복하자 집안은 활기가 넘쳤다. 여기저기서 글 읽는 소리, 재미있게 장난치며 노는 소리, 사임당은 이 모든 것들이 자식 많은 여인의 복이라 생각했다.

"공부는 때가 있는 것이니 시간을 아껴 열심히 해야 한다. 그래서 공자님께서도 지학志學을 강조하신 거란다. 벌써 우리 선이도 열일곱 살, 빠른 사람은 그 나이에 과거시험에 합격한 사람도 있는 적지 않은 나이다. 학문의 길은 멀지만 따라잡을 수 없을 만큼 멀지는 않다. 열심히 노력하거라. 그리고 매창이도 그림 열심히 그리고 여자로서 지켜야 할 예의범절을 꼼꼼히 익혀야 한다."

아이들에게 당부의 말을 하고선 남편에게 말했다.

"제 몸이 약하니까 아마 제가 당신보다 세상을 먼저 뜨게 될 거예요. 제가 먼저 죽으면 절대 새 장가를 가지 마세요."

"갑자기 무슨 그런 말을 하오?"

"꼭 이 말은 해두고 싶었어요. 언제 또 아파서 누웠다가 죽게 될지 몰라 미리 말씀드리는 거예요."

"허어, 쓸데없는 소릴."

"저 아이들을 보세요. 이미 우리 사이에 아이들을 많이 두었으니 더 욕심 부릴 것도 없지요. 모두 총명하고 착하니 저 애들만 올바로 키우면 남부러울 것이 없지요. 그러니 구태여 『예기』의 교훈을 어길 필요가 있을까요? 자식들을 올바로 키우는 것이 부모의 의무요, 책임입니다. 부디 제 말을 잊지 말아 주십시오."

"옛말에 너무 귀 기울이지 마시오. 옛말이라고 다 이치에 맞는 것은 아니요. 성인군자이신 공자님도 자기 아내를 내쫓은 일이 있었잖소? 그게 과연 옳은 일이오?"

"옳다 그르다를 논하기에 앞서 상황을 살펴야지요. 공자께선 노나라 때 일어난 난리를 피해 제나라의 이계라는 곳으로 피난을 가셨습니다. 그런데 공자 부인이 따라가지 않고 송나라로 가버렸습니다. 그래서 그 후 공자께선 그 부인과 살지 않았을 뿐이지, 부인을 내쫓은 것이 아니었습니다. 그러니 공자께서 아내를 내쫓았다는 말은 틀린 말이지요."

"그렇다면 증자는 어떻소? 그가 부인을 내쫓은 것은 사실이지 않습니까?"

"그것은 사실입니다. 하지만 증자가 부인을 내쫓은 것은 아버지에 대한 효성을 버릴 수 없었기 때문입니다. 원래 증자의 아버지는 배 찐 것을 좋아했습니다. 그런데 증자의 부인은 재주가 없어 배를 잘 쪄내지 못해 아버지를 봉양하기에 부족했습니다. 이를 보다 못한 증자는 부모님을 위해 어쩔 수 없이 부인을 내쫓은 것입니다. 그러나 증자는 혼인의 약속을 존중해서 다시 장가를 들지 않았습니다."

사임당이 또박또박 반박하자 할 말이 없게 된 원수는 슬그머니 자리에서 일어나 나가버린다.

"어딜 가시게요?"

"바람 좀 쐬고 오겠소."

"저녁때가 되었으니 멀리는 가지 마시고 얼른 들어오세요."

"알겠소."

며칠 후 원수는 한양을 향했다.

대관령을 넘자 문득 대화의 주막이 떠올랐다.

방향을 틀어 대화의 주막집으로 발걸음을 옮겼다. 주막집 여인이 예언한 것들이 모두 현실이 되었고 횡액을 막게 방책을 세워준 일에 대해 감사의 말이라도 전해야 도리일 것 같았다.

대화의 주막이 저쯤에 보였다. 그런데 주막에 다다른 원수는 주춤했다. 대문에 금줄이 걸려 있는 것이 아닌가.

"아니!"

뜻밖의 일이었다. 대문에 금줄이 걸려 있다는 것은 아기를 낳았으니 외부인들은 출입을 삼가라는 표시인데, 원수는 주막 안을 살폈고 그때 아기의 울음소리가 들렸다.

"이상하네, 누가 아기를 낳았을까?"

원수는 마침 주막 앞을 지나가는 마을 사람을 불러 세웠다.

"말씀 좀 여쭙겠습니다. 주막은……?"

"거, 금줄을 보면 모르시오. 아기 울음소리도 들리누먼. 다른 주막을 찾아보시오."

"누가 아기를 낳았나요?"

"낳긴 누가 낳았겠소? 주막집 여인이 애를 낳았지요."

"네에? 아니 이 집 여인은 상처해서 혼자 살고 있는 것으로 아는데요."

"그렇지요."

"그런데 어떻게?"

"하하 낸들 그걸 어떻게 알겠소. 세상 참 기이한 일이 아닙니까? 혼자 사는 여자가 아기를 낳다니 선비님은 믿어지십니까?"

"……?"

"그러니 세상 오래 살고 볼 일이라는 겁니다. 귀신이 곡할 노릇입니다. 저 여자는 재주가 좋아요. 세상에 그만한 재주를 가진 사람이 있으면 나와 보라고 하시오! 하하하."

그리곤 가던 길을 가다 돌아보면서 한 마디 던진다.

"헤픈 여인의 재주지요."

그 말은 분명 비아냥거림이었다. 금줄에 고추가 달려 있는 것으로 보아 주막집 여인이 아들을 낳은 모양이다.

"말씀드리자면 제가 일찍이 주역을 배워 사람의 인상을 보고 미래를 점치는 재주가 있습니다. 그때 제가 손님을 뵈었을 때 손님의 얼굴에서 광채를 느꼈고 그 광채를 받으면 귀한 아들을 얻을 수 있을 것 같았습니다. 혼자 외롭게 사는 몸이라 그 귀한 아기를 제가 잉태하고 싶었던 것입니다."

원수는 알지 못할 웃음을 흘리며 한양으로 발걸음을 옮겼다.

대관령을 넘어

"뭔 비가 이리도 쉬지 않고 하루 종일 쏟아진담!"

마을 정자에 앉아 궐련을 입에 문 늙은이는 괜한 투정을 부렸다.

"쉽게 멈출 것 같진 않습니다, 어르신. 장마가 온 모양이에요."

삼삼오오 모여 앉아 있는 장정네들이 한가함을 털어내기 위한 듯 이바구를 맞춘다. 허구한 날 마주앉아 마뜩 달리 할 말이 없었던 터라 누가 입이라도 열면 거기에 맞장구를 치는 것이, 더구나 그 상대가 어르신일 경우에는 상례였다.

"비가 쏟아지는데 현룡이가 웬일로 밖에 나왔나?"

현룡이가 거적을 뒤집어 쓴 채 빗속을 뚫고 쪼르르 달려오자 노인은 다 태운 궐련을 정자 모서리에 탁탁 털어내고는 어린 현룡이에게 관심을 돌린다.

"안녕하세요?"

현룡은 어른에 대한 예우로 공손히 인사를 한다.

"오냐, 장차 이 나라를 짊어질 미래의 공께서 공부하다 머리를 식히려고 나오셨나?"

마을에서 신동으로 소문났기에 가장 나이 많은 어르신은 현룡이를 대할 때마다 대견하여 공이란 칭호를 붙여 말했다.

"개울물이 얼마나 불었나 보려고요."

"그건 왜?"

"비가 많이 오시기에 궁금해서요."

장맛비가 억수같이 쏟아져 마을 앞에 있는 큰 개울물이 많이 불어나 넘칠 정도였다.

"어린 것이 호기심이 참 많구먼. 얘야, 비를 맞지 말고 이리로 올라오너라."

거적을 뒤집어썼다고는 하나 비를 피하는 데 완전할 리 없다.

현룡은 도도하게 묵직함을 지고 흘러가는 개울물을 잠시 살피더니 이내 정자 안으로 들어와 비를 피해 앉는다.

"그래, 그동안 글공부는 많이 했느냐?"

"네, 할아버지."

"어떤 공부를 했느냐?"

"대학, 중용, 예기 등 여러 가지요."

"어르신, 현룡이에게 글공부에 대해선 이야기를 꺼내지 않으시는 것이 좋아요. 자칫하다간 망신만 당한다니까요. 지난번에 글깨나 안다는 서생원께서도 현룡이한테 맥을 못 추고 망신만 당했잖습니까."

"맞아요. 어디 현룡이가 애랍니까? 겉만 애지, 속은 어른 열 명 이상이라니까요."

"쟤는 이다음에 커서 나라의 큰 인물이 될 거예요. 될 성싶은 나무는 떡잎부터 알아본다고 했지 않습니까? 벌써 다르거든요. 달라도 한참 다르지요."

저마다 한 마디씩 현룡을 가운데 두고 칭찬이 자자했다.

그때 현룡은 눈을 동그랗게 뜨고 자리에서 일어나 개울 건너를 바라본다. 어느 사람이 마침 개울을 위험스럽게 건너려 하고 있었기 때문이다.

"어!"

현룡의 행동에 정자에 모인 사람들은 일제히 현룡의 시선을 따라간다. 사태를 짐작한 사람들은 현룡처럼 자리에서 일어나 서서 바라본다.

"저 사람이 미쳤군, 저 큰물을 어떻게 건너려고 그래?"

"죽으려고 환장한 거 아냐! 그렇지 않고서야."

"냅둬 봐. 건널 수 있는지 없는지 보게. 재미있겠군."

정자에 모인 사람들은 그 장면을 흥미롭게 바라보고 있었다.

현룡이 느끼는 위기의식 따위는 안중에도 없는 듯했다. 위험을 제지하려는 사람도 없었다.

"안 돼요! 안 돼!"

현룡은 큰소리로 외치며 쏜살같이 정자를 빠져나가 개울 건너편을 향해 소리쳤다.

"건너지 마세요! 위험해요!"

하지만 그 사람은 아랑곳없이 개울을 건너고 있다.

"어어!"

급기야 개울 중간에서 그 사람은 물살에 몸을 가누지 못하고 휩쓸렸다.

"누가 구해주세요!"

현룡은 정자에 모여 있는 사람들을 향해 외쳤다. 그러나 정자에 모여 있는 여러 사람들은 재미있다는 듯 웃음을 터뜨렸다. 자맥질을 수없이 반복하는데도 그냥 남의 집 불구경하는 식이다.

현룡은 그 광경을 안타깝게 바라보며 나무 기둥을 끌어안고 어쩔 줄 모르고 눈물을 흘렸다.

"누가 저 사람을 살려줘요."

인애지심仁愛之心의 소리였다. 어리지만 지극한 심성이었다. 다행스럽게 그 사람이 겨우 개울을 건너면서 현룡의 안타까움은 사라졌지만 현룡은 어른들의 처사를 원망하면서 정자를 떠났다.

현룡이 여섯 살이 되면서 사임당은 한양으로 올라갈 결심을 하게 된다. 시어머니 홍 씨가 이제 나이가 많아 아무 일도 할 수가 없다는 소식을 들었기 때문이다. 그동안 며느리의 재주를 아껴 모든 배려를 아끼지 않은 시어머니였기에 거동조차 불편하단 소식은 사임당의 마음을 아프게 했다.

사임당의 나이 어느새 서른여덟, 큰아들 선이 열일곱 살이었고 매창의 나이도 어느새 열두 살이 되었다. 그 아래 어린 자식들까지 더 나은 교육을 시키기 위해선 아무래도 강릉보단 한양이 훨씬 낫다는 것도 사임당으로 하여금 한양으로 갈 결심을 부채질했다.

"이제 강릉을 떠나면 언제 다시 돌아올 수 있을까? 다시 어머니를 뵈올 날이 있을까?"

착잡한 심정을 달래며 그동안 정들이고 손때 묻은 집안의 기둥과 문설주 등을 어루만지고 대숲 우거진 뒤곁을 천천히 걸었다. 대숲은 사임당에게 정말 정겨운 곳이었다. 이곳에서 여러 풀벌레들을 발견하고 그것을 그림 소재로 삼아 많은 그림을 그렸다. 전부터 그랬던 것처럼 사임당은 풀섶에 앉아 오랫동안 그것들의 움직임을 바라보고 있었다.

친정어머닌 이제 진갑 환갑 다 지나고 아버지를 여의고 산 지도 어언 스무 해 가까이 되었다. 그런 어머니를 두고 한양으로 떠나자니 눈물이 앞을 가렸다.

"어머니 어떡하죠?"

어머니의 손을 잡으면서 사임당은 눈물을 흘렸다.

"발걸음이 떨어지질 않아요."

"사람은 저마다의 길이 있다. 가고 싶다고 해서 가지지 않고 가고 싶지 않다고 해서 가지 않을 수 없는 일이 수두룩하다. 그것이 운명이다. 자식들 다 여우고 혼자 적적하게 살다 네가 현룡이 낳으러 온 뒤부터 정말 사는 것처럼 살았다. 그런데 우리 현룡이가 벌써 여섯 살이나 되다니."

"그러게요. 벌써 우리가 여기서 육 년을 살았어요."

"정말 세월 빠르구나."

"어머니."

사임당은 늙고 연로한 어머니의 손을 잡았다.

"내 염려는 하지 말거라. 주변에 친척도 많이 있고 넷째가 이웃 마을에 가까이 살고 있으니 어미 걱정은 하지 않아도 된다. 그러니 맘 편히 먹고 어서 올라가거라."

"그래, 언니. 어머니는 걱정하지 말아요. 제가 언니처럼은 못해도 성심껏 잘 모실게요."

"부탁할게. 어떠한 일이 있어도 하루에 한 번씩은 꼭 들러서 어머니를 살펴야 된다."

"그럴게요. 꼭 그럴게요, 언니."

"제부에게도 부탁드릴게요."

제부인 권화는 어머니 이 씨에겐 넷째 사위였으며 아들과 다름없는, 지척에서 가장 의지되는 사람이었다.

"걱정하지 마세요. 제가 아들 노릇까지 잘할 테니 여기 걱정은 하지 마세요."

"장모님, 그동안 저희 가족을 살펴주셔서 감사합니다."

원수는 넙죽 인사를 한다.

"어서 올라가게. 안사돈께서 편찮으시다는데 잘 보살펴 드리게. 안부를 꼭 전하고."

"네, 아무쪼록 건강하십시오."

작별인사를 다 마치자 원수는 아내와 여섯 명의 자식들을 줄줄이 데리고 강릉을 떠나 먼 길을 나섰다.

사임당은 친정이 멀어질수록 어쩜 어머님을 영영 뵐 수 없을지도 모른다는 생각으로 눈물에 젖었다. 북평촌을 되돌아보고, 또 돌아보고를 수없이 반복하여도 여전히 남는 건 어머니에 대한 진한 미련이었다.

사임당은 아흔 아홉 구비 대관령 정상에 섰다. 거기 서면 동해바다가 선명하게 보였고 북평촌이 보였다.

慈親鶴髮在臨瀛 자친학발재임영 늙으신 어머님을 고향에 두고
身向長安獨去情 신향장안독거정 외로이 한양 길로 가는 이 마음
回首北村時一望 회수북촌시일망 돌아보니 북촌은 아득한데
白雲飛下暮山青 백운비하모산청 흰 구름만 저문 산을 날아 내리네.

사임당은 절로 나오는 시를 소리 죽여 읊었다. 단장을 끊는 것 같은 아픔이 몰려왔다.

"이제 그만 갑시다."

사임당의 마음을 헤아려 한참을 기다려 주던 원수가 손을 어깨

에 얹고 말한다.

"정녕 살아서 어머니를 다시 뵈올 수 있을까요?"

"당연하지요, 어머님이 건강하시니 꼭 다시 뵈올 수 있을 거요. 기약을 두고 홀가분한 마음으로 갑시다. 어머니도 그걸 바라실 거요."

"이 고개를 넘으면 왜 자꾸 마지막이 될지도 모른다는 생각이 드는지 모르겠어요."

"어머니와 함께 산 세월이 얼마요? 정이 많이 들었지요. 꼭 다시 뵈올 날이 있을 거요. 좋은 생각만 합시다."

"그래도 다행인 것은 넷째가 가까이 있다는 거예요."

그렇게 자신을 위로하면서도 가슴이 아렸다.

"다행이고 말고요. 만일 넷째 처제나 동서가 없었다면 한양으로 가는 우리 마음은 천 근 만근 더 무거웠겠지요. 그나마 무거움이 덜한 건 다 처제와 동서 때문이지요."

대관령을 넘어서면서 사임당은 무거웠던 마음을 조금씩 털어냈다. 한양으로 가는 길이 점차 가까울수록 대관령은 그만큼 먼 거리가 된다는 것을 알고 있었기 때문이다. 어머니의 존재가 이제 아늑한 그리움으로만 채울 수 있는 존재라는 것을 알고 있었기 때문이다.

드문드문, 마을이 앉아 있다.

집채가 올망졸망 앉아 있는 산기슭 마을에서 연기가 피지는 것을 보자 북평촌의 저녁이 보였다.

"인선아, 하세월에 연륜을 더하면 세상을 살아내는 데 어려움은 없다. 여자에게 주어진 가장 큰 덕목은 인내하는 일이다. 모든 것 참아내고 참아내는 일에 익숙해져야 한다. 부디 네 인생은 뜻이 담긴 인생이길 바란다."

한양 길에 갑자기 왜 어머니의 이 말이 생각나는지 모르겠다. 자식 낳아 기르며, 그래도 남들에 비해 시집살이가 된맛도 아니건만, 이는 강릉 어머니에 대한 기울기가 많아서 그런 것이 아닌가 하는 생각이 들었다.

한양에 당도한 사임당은 시어머니 홍 씨에게 큰절을 올리고 아이들에게도 일일이 절을 시켰다. 할머니는 여섯 손자들을 일일이 안아 주고 머리를 쓰다듬었다.

"아주 다복해 보이는구나. 이렇게 형제들이 많으니 얼마나 좋으냐? 형제가 많아야 서로 간에 사랑을 베풀 줄도 알고 받을 줄도 아는 법이란다."

"그동안 어떻게 지내셨어요? 건강이 좋지 않으시다는 이야기를 듣고 마음이 몹시 아팠어요. 제가 일찍 올라왔어야 했는데 정말 죄송해요."

"괜찮다."

"지금은 좀 어떠세요?"

"나빠졌다 좋아졌다 한다. 그게 더 힘들어. 좋으면 좋고 나쁘면 나쁘고 해야지 변덕이 심하니까 오히려 더 지치는 것 같아. 그래, 친정어머님 건강은 어쩌시냐?"

"덕분에 좋으세요."

"참 고마우신 분이시다. 현룡이를 낳고 너희들 식솔을 육 년간이나 돌보셨으니 이는 결코 쉬운 일이 아니다. 거기에다 수진방 집까지 마련해 주셨으니, 어찌 이 고마움을 말로 다 표현하겠니? 너도 고마움을 잊어선 안 된다."

"네, 어머니. 저도 고맙게 생각하고 있어요."

한양에서 다시 시작된 시가살이는 수진방(지금의 서울 청진동 종로구청 부근)에서였다. 이 집은 사임당의 어머니 이 씨가 외손자인 율곡에게 물려준 집이었다. 그러나 집은 마련되었으나 살림이 넉넉하지 않아 사임당을 매우 힘들게 했다.

시어머니가 떡장수를 그만두자 수입이 없어졌고 돈 버는 일과는 담을 쌓은 남편의 존재는 생활을 꾸려 가는 데 전혀 도움이 되지 않았다. 남편은 여전히 아이들 여섯을 두고 나이가 먹도록 아직까지도 벼슬길에 나가지 못한 그저 평범한 서생일 뿐이었다. 그나마 아이들과 함께 글을 읽는 재미에 푹 빠진 것은 다행스러운 일이었다. 가끔씩 나가 친구들과 어울려 술을 마시고 들어오는 일은 있었으나 평소엔 아이들과 같이 글공부에 열중이어서 사임당은 잔소리를 하지 않았다.

사임당은 가족을 위해 수를 놓아 팔아 식량을 마련하고 텃밭을 가꾸어 채소를 스스로 조달하는 등 가사에 도움이 되는 일이라면 무엇이라도 해야 했다. 강릉에선 그래도 친정어머니의 도움으로 아이들을 서당에 보낼 수 있었는데 한양에선 마련이 없어 꿈도 못

꿀 일이다. 그래서 아이들의 교육은 전적으로 사임당이 책임져야 했다.

여느 때와 같이 사임당은 집안 청소를 하고 많은 식구들의 빨래를 마치고 가족들의 저녁식사를 준비하고 있었다. 그런데 밥 끓는 냄새에 울렁증이 생겼다.

"갑자기 왜 이러지?"

가슴을 문질러대며 얼굴을 찡그렸다.

욱욱!

부엌을 뛰쳐나와 마루에 나동그라지듯 엎드렸다.

……혹시!

가만히 엎드려 몸을 진정시키고 있던 사임당은 정신이 번쩍 들어 자리에서 일어나 앉았다. 그리곤 손가락을 세어 날짜를 꼽아보았다.

"또 임신이란 말인가?"

가슴이 철렁 내려앉았다. 앞이 캄캄하고 머리가 핑 돌았다. 여섯 명의 자식도 모자라서 또 자식이 생겼단 말인가? 한숨이 절로 나왔다.

그러나 이내 사임당은 천지신명께서 내려주신 소중한 자식임을 깨닫곤 잠깐이나마 낙담하던 마음을 수습하고 자식이 생긴 것을 감사하게 생각했다.

"세상의 복 중에 자식 복이 으뜸이란다. 너는 자식 복을 아주 크게 타고났구나."

시어머니 홍 씨는 덕담으로 며느리의 일곱 번째 임신을 축하해 주었다.

"부끄럽습니다, 어머니."

"그런 말은 하지 마라. 아이를 갖는 것이 어찌 부끄러운 일이더냐. 부정 타는 말이니 다시는 그런 말을 입에 담지 마라."

시어머니의 말에 사임당은 아차 싶었다. 부끄럽다고 한 그 말이 아이에게 미안했다. 해선 안 될 말이라 생각하곤 얼른 그 마음을 지웠다.

사임당은 일곱 번째 생겨난 아이에게 여느 아이를 가졌을 때와 마찬가지로 자신만의 태교법을 실행하였다. 살림을 도맡아 하느라 전보다 태교의 시간을 많이 가질 수는 없었지만 뱃속 아이의 움직임이 커지면 커질수록 잠깐의 시간이라도 내서 태교를 실행하였다.

태교의 방법으로 글을 읽고 있을 때면 현룡이 쪼르르 달려와 글을 귀담아 듣곤 한다.

> 범위인자지례 동온이하청 혼정이신성 재추이불쟁
>
> 凡爲人子之禮 冬溫而夏凊 昏定而晨省 在醜夷不爭

무릇 남의 자식이 되어 부모를 섬기는 예는 겨울에는 따뜻하게 해드리고, 여름에는 서늘하게 해드린다. 밤에는 자리를 펴서 편안히 쉬게 해드리고, 아침에는 문안을 드린다. 친구 사이에는 언제나 친목을 도모해 다투지 않는다. 부모의 마음을 편안하게 하기 위해서이다.

그러자 옆에서 이를 듣고 있던 현룡이 말한다.

"어머니, 그건 『예기』에 있는 말이지요? 거기엔 또 이런 좋은 글도 있어요."

그리곤 자세를 바로 잡더니 읊조린다.

부위인자자 출필고 반필면 소유필유상 소습필유업 항언불칭로

夫爲人子者 出必告 反必面 所遊必有常 所習必有業 恒言不稱老

사람의 자식 된 자는 나갈 때 반드시 부모에게 갈 곳을 알리고 돌아왔을 때는 반드시 부모를 뵙고 인사를 드리되, 그 안부를 눈여겨본다. 또 노는 곳도 반드시 정해져 있어 함부로 딴 곳에 가지 않고 익히는 바도 항시 정해져 함부로 다른 일을 하지 않는다. 또 평상시의 언어에 늙었다는 말을 하지 않는데, 이렇게 해서 어버이의 뜻을 봉양해야 하는 것이다.

예기는 예禮를 가르친다. 예는 하늘이 높고 땅이 낮은 것에서 출발, 인간 사회를 높고 낮음으로 구분한다. 관혼상제는 물론 군신과 부자관계, 부부와 형제, 친구관계의 제도를 만들어 질서를 세우고자 하는 것이다. 그래서 유교사회의 으뜸 공부 과제인 예기

를 어린 율곡은 벌써 꿰뚫고 있었다.

사임당은 현룡의 머리를 쓰다듬는다. 가슴 가득 부풀어대는 기대를 추스를 수 없었다. 하나를 가르치면 열 이상을 아는 재능에 어쩔 땐 감당이 되지 않았으나 다행스러운 것은 율곡이 공부를 스스로 찾아서 하기 때문에 그나마 그를 잘 이끌고 갈 수 있었다.

사임당의 교육법은 남달랐다. 아이들이 글공부를 하다 좋은 구절이 있으면 그 글을 써서 집안 기둥 여기저기에다 붙이도록 했다. 이 방법을 적용하면 다른 아이들이 따라서 그 내용을 읽게 되고 그러면 자신이 미처 알지 못한 공부를 할 수 있는 좋은 학습법이 되어 효과를 보았다.

현룡이 기둥에 써놓은 글을 며칠 전에 발견하여 이에 대해 말을 꺼냈다.

시운 민만황조 지우구우 자왈. 어지지기소지 가이인이불여조호

詩云 緡蠻黃鳥 止于丘隅 子曰. 於止知其所止 可以人而不如鳥乎

"네가 기둥에다 붙여놓은 글귀를 읽었다. 해석하자면, 시에 말하기를, '민만한 황조여 구우에 머물렀다.' 하니, 공자께서 말씀하시기를 '머무르는데 그 머무를 곳을 아는도다. 사람으로서 새만 같지 못할 수 있겠는가? 라고 하셨다. 어미의 해석이 맞느냐?"

"네, 어머님."

"그렇다면 이 뜻을 풀이해 말할 수 있겠느냐?"

"아름다운 목소리로 우는 꾀꼬리는, 그가 살고 있는 곳이 쉽게 위험을 당하지 않을 가장 좋은 곳을 골라 살고 있다는 것이 시의 뜻입니다. 그러니까 꾀꼬리 같은 새도 그가 머물러 살 곳을 올바로 고를 줄 알고 있는데 만물의 영장인 사람이, 그가 머물러야 할 곳을 모르고 있으니, 사람이 어떻게 새만 못할 수 있는가. 그렇다면 사람이 마땅히 머물러야 할 곳이란 어떤 곳일까? …설명이 제대로 되었습니까 어머니?"

아, 이 아이가 어떻게 여섯 살인가? 가히 신동이었다.

이율곡.

그가 어린 시절을 통해 보인 일련의 일들은 훗날 절세의 대인물을 예고하고 있었다.

어느덧 가을이 되었다.

시어머니 홍 씨가 사임당을 불렀다.

"나도 이제 기력이 만만하니 너는 이제 파주 율곡리로 내려가 아이 낳을 준비를 해라. 큰애들 선이와 번, 그리고 매창인 여기에 두고 나머지 애들만 데리고 가거라. 여전히 그 곳엔 땅붙일 논밭이 있고 살 만한 집채가 있으니 그리 어려울 것은 없을 것이다."

언제나 그랬듯이 아이를 임신한 며느리에 대한 시어머니의 애틋한 배려심이었다.

"그냥 여기 수진방에서 어머니 모시고 살면 안 될까요?"

한번 입에 떨어진 말은 되돌릴 수 없는 시어머니의 고집, 사임당은 잘 알고 있어 소용될 말이 아니란 것을 알면서도 그렇게 말했다. 그러나 그 말은 진심에서 우러나온 말이었다.

추석이 지나고 아침저녁으로 날씨가 선선하던 시월, 사임당과 원수는 어린 자식들만 데리고 파주 율곡리로 내려왔다.

율곡리는 언제 와 봐도 평온한 고장이었다. 산자수려한 곳으로 땅이 기름지고 인심 좋은 땅이었다. 더구나 덕수 이 씨 가문이 예로부터 모여 사는 곳이라 어려운 일이 있으면 서로 도와 살기가 아주 수월하였다.

사임당은 이곳으로 내려온 다음해 봄이 되어 일곱 번째 아이이자 아들로서는 네 번째인 위瑋, 후에 이름을 우瑀로 고친 아들을 낳았다.

해산할 때가 되자 어머니를 도우러 내려온 매창이 산후 조리를 돕고 시간이 나면 어머니 옆에서 그림을 그렸다. 그 옆에서 현룡이 글공부를 하는 모습은 매일 매양 익숙한 일이었다.

현룡의 공부하는 태도는 어린애답지 않고 의젓했다. 자세가 흐트러짐 없이 책상 앞에 꼿꼿이 앉아 글공부에 집중하는 모습은 대견하기만 했다.

"이젠 매창의 그림솜씨가 어미를 능가하는구나. 훌륭하다는 말밖에 달리 할 말이 없구나."

"제가 어떻게 어머니를 능가해요? 어머니를 따라가려면 멀고도 멀었는 걸요. 비교하는 것조차 부끄러운 일이니 그런 말씀 하지 마세요."

"그림의 경지에 오르려면 더 공부해야 하는 것은 사실이다. 학문도 마찬가지로 어느 수준에 다다라야 한다는 기준이 없는 만큼 자만하지 말고 계속 노력해야 한다. 그래, 더 노력하거라. 네 능력을 기대하마."

"네, 어머니."

"우리 현룡이는 지금 뭐 하느냐?"

책상 앞에 의젓한 자세로 앉아 공부하는 현룡을 돌아보며 사임당이 물었다.

"글을 짓고 있습니다."

"글을 읽는 것이 아니라 글을 짓는다? 그렇다면 작문을 하고 있단 말이냐?"

"예."

"한문으로 작문을 하다니 네가 벌써 그 정도까지 되었니? 지금 네가 짓고 있는 글은 어떤 내용이더냐?"

"그냥 보고 느낀 것을 쓴 것입니다."

"어미에게 보여주련?"

현룡이 내밀었고 사임당이 받아 찬찬히 읽어보았다.

현룡이 한문으로 글을 지었다는 것은 「진복창전陳復昌傳」이었다. 진복창은 파주 율곡리로 내려오기 전, 한양의 수진방에 살 때 한 동네에 살던 사람이다. 어찌나 행실이 못되고 세도를 부리는지 이웃해 사는 사람들이 그를 보면 어떤 시비가 될지 몰라 모두 피해서 도망갈 정도였다. 이런 인물을 지켜보던 현룡은 그때 느낀 감정 그대로를 나타내 글을 지었다.

'군자는 안으로 덕德이 넘쳐 오르고 있기 때문에 항상 그 마음이 너그럽고 여유가 있으며, 소인은 안으로 욕심을 품고 있기 때문에 언제나 근심과 불만 속에 빠져 있는 법이다. 내가 진복창의 사람됨을 보니 안으로는 불평불만을 품고 있으면서도 겉으로는 아닌 척한다. 지금 복창은 근심과 불만의 얼굴을 하고 있으니, 만약 저러한 사람이 훗날 뜻을 얻게 된다면 크게 나라의 근심거리를 만들게 될 것이다.'

아니나 다를까, 율곡이 예견한 대로 훗날 복창은 사화士禍의 매파 역할을 하여 나라의 기강을 무너뜨리고 혼란에 빠뜨렸으며 명종 때 권신 윤원형의 앞잡이가 되어 을사사화를 일으켜 죄 없는 선비들을 크게 해쳤다.

"어린 네가 진복창의 됨됨이를 잘 지적했구나."

"그 사람은 됨됨이를 고쳐야 해요. 남을 괴롭히는 일을 먼저 삼가야 하고요."

"어린 네가 이런 글을 쓴 걸 보니 네 눈엔 어지간히 그 사람이 나빴나 보다."

어느 날 아버지 원수는 현룡을 데리고 마을에서 육 킬로미터 가량 떨어진 '화석정花石亭'으로 산책 겸 나들이를 갔다. 화석정은 야트막한 산자락에 자리한 단아한 정자로 거기서 내려다보이는 임진강은 한 폭의 그림과 같이 아름다웠다.

"어떠냐, 처음 와보는 화석정의 경치가?"

"정말 좋아요. 우리 고장에 이렇게 경치 좋은 곳이 있는 줄 몰랐어요."

"이 정자를 세우신 분은 지돈녕부사를 지내신, 너에게는 5대조 되시는 강평공 명신 할아버지이시다. 세종 임금 때 지으셨는데 그러던 것을 35년 뒤에 그분의 손자, 그러니까 너에게는 증조할아버지 되시는 홍산공 의석 할아버지께서 홍주목사로 계시다가 임기를 다 마치시고 오셔서 이 정자를 다시 지으셨단다. 이곳은 학계 거장이셨던 김종직, 서거정 선생 등이 찾아와 여기에 시를 붙여 주었단다. 여길 보거라, 이 시가 김종직, 저 시는 서거정이 지은 시란다."

현룡은 김종직, 서거정의 시를 쭉 읽어보더니 뭔가 자신도 시상이 떠오른 듯했다. 이를 알아차린 아버지가 율곡의 표정을 살피더니 말했다.

"어때? 너도 시를 하나 지어보겠니?"

"시를 먼저 지으신 김종직, 서거정 분들을 욕되게 하는 일이 아니라면요."

"욕되다니? 그렇지 않아. 누구나 시상이 떠오르면 시를 지을 수 있는 것이야."

"그럼 한번 지어보겠습니다."

현룡은 잠시 생각을 다듬더니 오언율시를 읊었다.

林亭秋已晚 임정추이만 숲 속 정자에 가을이 이미 저무는데

騷客意無窮 소객의무궁 시인의 뜻이 끝이 없도다

遠水連天碧 원수연천벽 먼 물줄기는 하늘에 닿아 푸르고

霜楓向日紅 상풍향일홍 서리 맞은 단풍은 해를 향해 붉다

山吐孤輪月 산토고륜월 산은 외로운 보름달을 토해내고

江含萬里風 강함만리풍 강은 만 리의 바람을 머금었다

塞鴻何處去 새홍하처거 변방의 기러기는 어디로 가는가?

聲斷暮雲中 성단모운중 소리가 저물어 가는 구름 속에서 끊어지네

"지금 네가 읊은 시가 진정……."

원수는 놀라 입을 다물지 못했다. 현룡의 재주를 모르고 있었던 것은 아니지만 이 정도로 뛰어날 줄은 정말 몰랐다.

"대단하구나. 정말 대단해!"

감탄을 금치 못했다.

현룡은 가장 목 좋은 곳에서 임진강을 굽어본다. 물 예 흘러감은 현룡의 눈을 물들게 했다. 강의 흐름은 강릉의 바다와는 사뭇 대조적이었지만 단아함에 굽이쳐 또 다른 세상을 맞이하는 듯했다.

"경치에 빠졌구나."

원수는 현룡의 뒤에 바람막이처럼 서서 그 또한 임진강에 젖어 들었다.

"아버지, 강물이 흐르는 것을 보니 여기서도 시상이 떠올라요."

"그럼 떠오른 시상을 읊어보거라."

"정리가 되면요."

"자주 오도록 해라. 시상이 떠오른다는 것은 그 풍광에 사로잡혀 있다는 뜻이겠구나. 이런 곳에서 마음을 차분히 가라앉히고 수양을 한다면 너에게도 좋은 일이다."

집으로 돌아온 원수는 상기된 얼굴을 감추지 못하고 사임당에게 말했다.

"여보, 갈수록 태산이라더니, 현룡이 이야기를 또 하지 않을 수 없구려."

"왜요?"

"우리 현룡인 나로선 도저히 감당이 되질 않아요."

"무슨 일인데 그러세요?"

"지금 현룡이와 화석정엘 다녀오는 길이오."

화석정은 사임당도 일전에 남편과 함께 다녀온 적이 있었다.

"거기에 김종직, 서거정 선생이 지은 시가 있었던 것 생각나오?"

"그때 읽어는 보았습니다만 생각은 잘 안 나요. 그분들의 시가 왜요?"

"지금 내가 그분들의 시를 논하고자 하는 것이 아니라 현룡이 때문이오. 현룡이가 그분들의 시를 읽어보았단 말이오. 그런데 그 시를 다 읽고 난 뒤 현룡이의 표정을 보니까 자기도 뭔가 시상이 떠올라 시를 짓고 싶어 하는 것 같았소. 그래서 한번 지어보라고 했질 않았겠소?"

"지었습니까?"

"천재적인 시였지요."

그리곤 현룡에게 말했다.

"현룡아, 아까 화석정에서 지은 시, 한번 써서 어머니께 보여드려라."

"그래, 우리 아들이 얼마나 시를 잘 지었기에 아버지께서 저렇게 난리이신 줄 모르겠구나. 어미가 보지 않을 수 없으니 어서 써 보거라."

사임당은 늘 책상 위에 놓아둔 지필묵을 현룡 앞에 내밀었다. 그러자 현룡은 종이 위에다 단숨에 시를 써내려갔다.

"여보, 이것 보시오!"

현룡이 시를 다 쓰자 원수가 먼저 흥분하여 사임당에게 내민다.

"오언율시구나."

그리곤 시를 쭉 읽어 내려간다. 시를 다 읽고 난 사임당이 환한 미소를 보이면서 말한다.

"잘 썼구나. 대구對句까지 맞춰서 정말 잘 썼다."

이때 이미 율곡은 문리를 통하여 사서오경에 모두 스스로 통했기 때문에 이런 훌륭한 시를 지을 수 있었다. 이렇듯 현룡은 어렸을 때부터 여러 가지로 그 재능을 보였다.

현룡의 나이 아홉 살이었다.

현룡은 이륜행실도二倫行實圖에 나오는 장공예張公藝의 구세동거도九世同居圖를 보고 말했다.

"어머니, 저는 이륜행실도에 나오는 장공예와 같은 사람이 되고 싶어요."

"왜지?"

"가족이 함께 몇 대를 이뤄 행복하게 사는 것이 얼마나 좋아요. 저도 그렇게 살고 싶어요."

장공예는 한집에 9대가 화목하게 살아가는 생활 공동체를 이끌고 있었던 사람이다. 당 제국 고종(재위 649~683)은 태산에 올라 봉선 의식을 치르고 그런 장공예의 집을 방문했다. 왜냐하면 당시 고종의 아버지 태종은 골육상쟁 끝에 황제의 자리에 올랐을 정도로 형제끼리도 처참하게 다투었다. 고종이 장공예에게 종족을 화목하게 만드는 길(睦族之道)을 묻자 그는 참을 인忍 자 100여 자를 써서 대답을 대신했다.

"좋은 생각이다. 그런 마음을 버리지 않도록 이륜행실도를 벽에다 걸어 두고 항시 보거라."

어렸을 때 율곡의 이런 마음은 훗날에 나타난다.

선조임금과 자주 마찰을 빚은 율곡은 벼슬을 버리고 경기도 파주와 황해도 해주에 은거하면서 지냈다. 직언을 서슴지 않던 율곡에게는 벼슬을 얻고 버리는 것이 자주 있던 일이라 새로울 것은 없었다.

선조 10년(1577), 42세가 되던 해 율곡은 해주 석담에 청계당聽溪堂을 지어 장차 이곳에서 살 터전을 마련하고 석담에서 서모와

큰형수인 곽 씨, 부인과 측실, 형제와 아들은 물론 조카와 비복 등 백여 명에 달하는 종족을 모아놓고 살았다. 그리곤 한 일가를 이루고 「동거계사同居戒辭」라는 생활 규칙을 만들어 화목하게 살 계율을 만들었다.

열한 가지 계율로 어렸을 때 장공예와 같이 온 가족이 함께 모여 살기를 염원하는 것이 첫째 조항이었다.

'형제는 부모의 한 몸에서 갈라진 것이다. 그러므로 형제는 한 몸이나 다르지 않아 마땅히 서로 친애하고 어떠한 일이라도 서로 너와 나를 가르는 마음을 가져선 안 된다. 옛사람 가운데는 9대의 가족이 함께 산 일도 있다. 우리는 부모를 일찍 여의었고 큰형님이 또한 일찍 세상을 떠나셨다. 이제 남은 우리 형제들은 서로 우애하고 재산을 함께 가지며 서로 나누지 말아야 한다.'

율곡은 큰형수를 친어머니처럼 받들고 측실들이나 비복들에게도 사당에 참배하도록 하였다. 당시로는 측실들이나 비복들이 사당에 참여한다는 것은 있을 수 없는 일이었으나 율곡은 사회의 통례를 깨고 이를 실행했다. 이것은 화합을 이루기 위한 그만의 결정이었다.

'옛사람 가운데 9대의 가족이 함께 산 일도 있다' 고 한 것은 말할 것도 없이 이륜행실도에 나오는 장공예를 가리킨 말이다. 어렸을 때의 생각이 나이 들어서 실행에 옮겨졌음을 알 수 있는 대목이다.

"가족이 화목을 이루고 함께 모여 살기를 소망하는 것은 매우 아름다운 일이다. 오늘의 마음가짐을 버리지 말고 잘 기억했다가 훗날에 꼭 실천하여 가족의 화목을 이루길 바란다."

대가족을 이루다 보니 계율이 있어야 하는 것은 분명하다. 주목할 것은 화목을 이루되 그 과정은 엄격함을 보인다는 점이다.

'좋아하는 마음과 싫어하는 마음이 한쪽으로 기울어버리면 안 된다. 언제나 온화한 얼굴과 따뜻한 말로 서로 만나고 가르치고 꾸짖을 때에는 성난 모습을 나타내지 말아야 하며 결코 남을 헐뜯어선 안 되고 거짓으로 꾸며서 하는 말을 믿어선 안 되며 혹시 이간하는 말이 있으면 노복은 회초리를 가지고 훈계하고 그래도 뉘우치지 않으면 내보낸다.'

어렸을 때 부모로부터 올바른 교육을 받으면서 생겨나는 심성은 결국 인성의 토대가 되고 그 사람의 인생 전반을 통제한다. 율곡이 그랬다. 부모로부터 받은 교육은 특히 사임당으로부터 받은 교육은 공고해 장차 율곡이라는 큰 인물을 설정한다.

"여보, 당신에게 의논할 일이 있소."

어느 날 원수는 그림을 그리고 있는 사임당에게 다가와 조용히 말했다.

"제게요?"

사임당은 그리던 그림을 밀쳐놓고 남편을 바라본다. 뭔가 조심스러워 하면서 말하는 것이 간단한 내용은 아닌 것 같았다. 원수는 쉽사리 입을 열지 못하고 주춤거렸다.

"말씀해 보세요."

"이번에 을사사화에서 공을 세워 영의정에 오른 이기 대감 있잖소?"

"그런데요?"

"그가 우리 오촌 아저씨뻘이 되는 분이오. 그래서 그분을 찾아가 벼슬자리 하나 구해볼까 하는데 당신의 생각은 어떻소? 그러면 구차하게 살지 않아도 될 것이고 어머니나 당신도 살림이 궁색하지 않고 좀 편할 것 아니겠소?"

"그건 안 됩니다. 절대 안 됩니다."

사임당은 단숨에 거절해버렸다.

"왜 안 된다는 거요?"

"이기 대감이 어떤 사람입니까? 문정왕후의 오빠 윤원형과 함께 반대파를 역적으로 몰아 죄 없는 사람을 죽이고 세도를 잡은 사람입니다. 그런 옳지 못한 방법으로 세도를 잡은 사람이 과연 오래갈 것이라고 믿습니까?"

"……!"

"절대 오래가지 못할 것은 자명한 일이며 그들 곁에 있다간 화를 당할 것은 만고의 이치입니다. 절대 이기 대감의 집에 출입하지 마십시오. 정말 그랬다간 화를 면치 못할 것입니다."

을사사화는 1545년(명종 즉위) 윤원형尹元衡 일파 소윤小尹이 윤임尹任 일파 대윤大尹을 숙청하면서 사림이 크게 화를 입은 사건이다.

김안로金安老에 의해 정계에서 쫓겨난 문정왕후文定王后 측의 세력인 윤원로尹元老 · 윤원형 형제는, 김안로가 실각한 뒤 다시 등용되어 점차 정권을 장악하게 되었다. 정국은 윤여필尹汝弼의 딸인 중종의 제1계비 장경왕후章敬王后의 친정인 대윤大尹과 윤지임尹之任의 딸인 제2계비 문정왕후의 친정인 소윤으로 갈라져 외척간의 권력투쟁으로 양상이 바뀌었다. 장경왕후에게 원자元子 호岵가, 문정왕후에게는 경원대군慶源大君 환이 각각 탄생하자, 김안로의 실각 이후 정계에 복귀하여 득세한 윤원로 · 윤원형 형제(小尹)는 경원대군으로 왕위를 계승하고자 하여, 세자의 외척인 윤임 일파(大尹)와의 사이에 대립과 알력을 빚게 되었다. 인종 즉위 뒤 정계는 대윤이 득세하였으나 소윤측은 대윤측에 의해 큰 정치적 박해는 받지 않았다. 그러나 인종의 즉위와 함께 유관柳灌 · 이언적李彦迪 등 사림의 명사들이 인종의 신임을 받아 중용되었고, 이조판서 유인숙柳仁淑에 의해 그 파의 사류士類가 많이 등용되어, 기묘사화 이후 은퇴한 사림들이 다시 정권에 참여하였다. 또한 정권에 참여하지 못한 일부 사림들은 소윤인 윤원형 일파에 가담함으로써, 사림들도 대윤 · 소윤의 양 세력으로 갈라졌다. 이 동안 소윤의 공조참판 윤원형이 대윤의 대사헌 송인수宋麟壽 등으로부터 탄핵을 받아, 계자階資를 박탈당하고 윤원로 역시 파직된 사건이 생겨, 문정대비 · 소윤 측의 대윤 측에 대한 불만과 함께 문정대비의 인종에 대한 불만으로 발전되었다. 인종이 재위 8개월 만에 죽고 뒤를 이어 이복동생인 어린 경원대군이 명종이 되자, 문정대비가 수렴청정을 하였다. 이에 정국의 형세는 역전되어, 조정의 실권은 대윤으로부터 명종의 외척인 소윤으로 넘어갔다. 명종 즉위 직후 군기시 첨정軍器寺僉正으로 재 등용된 윤원로는, 윤임 일파의 세력을 숙청하기 위해 그들이 경원대군을 해치려 하였다고 무고하였으나, 영의정 윤인경尹仁鏡과 좌의정 유관이, 망언을 하고 천친天親을 이간한다고 탄핵함으로써 오히려 파직, 해남에 유배되었고 대윤이 정쟁에서 승리하였다. 그러나 문정대비의 세력을 배경으로 한 소윤 측의 뒤이은 음모는 끈질기게 진행되었다. 즉 예조참의로 재 등용된 윤원형은 형인 윤원로의 책동이 실패하자, 이들 대윤 일파와 개인적인 감정이 있던 중추부지사 정순붕鄭順朋, 병조판서 이기李芑, 호조판서 임백령林百齡, 공조판서 허자許磁 등을 심복으로 하여, 윤임이 그의 조카인 봉성군(鳳城君 : 중종의 8남)에게 왕위를 옮기도록 획책하고 있다고 무고하였다. 한편 궁궐 밖으로는 인종이 승하할 당시 윤임이 경원대군의 추대를 원치 않아서 계림군(桂林君 : 瑠)을 옹립하려 하였는데, 유관 · 유인숙 등이 이에 동조하였다는 소문을 퍼뜨렸다. 이로써 윤임 · 유관 · 유인숙 등은 반역음모죄로 유배되었다가 사사되고, 계림군도 음모에 관련되었다는 경기감사 김명윤金明胤의 밀고로 주살되었다. 그 외 윤임의 사위인 이덕응李德應의 무고로 이휘李輝 · 나숙羅淑 · 나식羅湜 · 정희등鄭希登 · 박광우朴光佑 · 곽순郭珣 · 이중열李中悅 · 이문건李文健 등 10여 명이 화를 입어 사형 또는 유배되었으며, 무고한 이덕응도 사형되었다. 을사사화가 끝난 뒤에도 여파는 한동안 계속되어, 1547년 9월 문정대비의 수렴청정과 이기 등의 농권을 비방하는 뜻의 양재역 벽서가 발견되어, 봉성군 송인수 등이 사형, 이언적 등 20여 명이 유배당하는 정미사화와, 이듬해 홍문관박사 안명세安明世가 을사사화 전후의 시정기時政記에 윤임을 찬양하였다 하여 사형되는 등, 을사사화 이래 수년간 윤원형 일파의 음모로 화를 입은 반대파 명사들은 100여 명에 달하였다. 을사사화는 표면적으로는 윤씨 외척간의 싸움이었으나 사림파에 대한 훈구파의 공격이었다. 1498년(연산군 4) 이후 약 50년간 관료 간의 대립이 표면화되어 나타난 대옥사大獄事는 을사사화로서 마지막이 되었다. 사림파는 4차례의 사화를 통해 큰 피해를 입고 세력이 약해졌으나, 후에 서원과 향약으로 선조 때 다시 중앙정권을 장악한다. 그러나 사림파는 사화에서 생겨난 당파의 분파를 토대로 붕당朋黨을 형성하였다.(출처 두산백과)

역시 아내의 말대로 이기의 세도는 오래가지 않았다. 결국 이기와 가까이한 많은 사람들이 화를 입었다. 하지만 아내의 말을 듣고 이기 대감의 세력들과 가까이하지 않은 원수는 화를 면할 수 있었다.

현룡이 열 살이 되자 원수는 큰아들 선과 작은 아들 번, 그리고 현룡을 데리고 강릉 북평 처가를 찾았다. 혼자 외롭게 노년을 보내고 있는 아이들의 외할머니 이 씨를 뵙기 위해서였다.

사위와 손자들의 갑작스런 출현에 외할머니 이 씨는 죽었다 살아 돌아온 자식을 맞이하듯 기쁨을 감추지 못하였다. 곁에 딸 사임당이 없는 것은 서운하고 아쉬웠지만 사임당의 처지를 잘 알고 있었기 때문에 금방 아쉬움을 털어냈다.

"아이고, 그동안 못 본 사이에 우리 강아지들이 이렇게들 컸단 말이냐?"

일일이 쓰다듬고 어루만지며 흡족해했다.

"선이는 장가를 가야 할 테고 번이도 준비를 해야겠구나. 우리 이는 이제 아이의 태를 벗었고 말이야. 애들을 이렇게 잘 키우느라 우리 사위가 많이 애썼구먼."

"제가 뭐 한 일이 있나요? 다 집사람이 했지요."

"아무리 한다 해도 지아비가 든든한 버팀목이 되었으니 가능한 일이지 아낙의 힘만으로 그게 될 일이었겠는가? 어찌 되었든 이 할미는 우리 손주 녀석들이 이렇듯 훌륭하게 자라 얼마나 기쁜지 모른다."

"아이들을 보시니 그렇게 좋으세요?"

"아, 그럼. 쪼그만 것들이 어느새 커 이렇게 장성했는데 어찌 기쁘지 않을 수 있겠나? 어엿하게 장성해 가는 것을 보는 것보다 더 좋은 것은 없지. 대신 나는 늙어가지만 말일세."

"그건 그렇습니다."

다음날 원수는 세 아들을 데리고 경포호수를 산책하고 바닷가를 산책하다 소나무 숲길을 따라 야트막한 경포대에 올랐다.

경포대에 올라 바라보는 경치는 예나 지금이나 다르지 않고 아름다웠다. 세 아들은 묵묵히 바다를 바라보면서 한결같이 말이 없었다.

"무엇들을 생각하고 있는지 궁금한데 아버지에게 말해 줄 수 있겠니?"

침묵을 깨고 말하자 세 아들은 자신들의 생각에서 벗어나 고개를 돌려 아버지를 바라봤다.

"선이부터 말해볼래?"

먼저 지적을 받은 선은 잠시 생각을 정리하는 것 같더니 입을 열었다.

"저는 저 광대무변한 바다를 보면서 인간이 얼마나 나약한 존재인가를 생각했어요. 하지만 그 나약한 힘이나마 필요한 곳을 찾지 못하면 정말 무의미한 삶일 수 있겠다, 나라는 존재 이유를 찾아야만 그래도 제게 주어진 길을 잘 갈 수 있다는 생각을 하고 있었습니다."

"번은 어떤 생각을 하고 있었지?"

"어떻게 하면 경서에 통달하여 학문을 이룰 수 있을까를 생각했습니다. 그것이 부모님께 효도하는 길이고 저를 위한 길이라고 생각했습니다. 그래서 한양에 올라가면 더더욱 열심히 공부해야겠다는 다짐을 했습니다."

"이는?"

"저도 형님들과 비슷한 생각을 하고 있었습니다. 장차 제가 어떠한 사람이 될까를 생각했습니다. 그러나 이런 사람일 수 있겠다는 것은 정리하지 못했습니다."

“그래, 내 존재에 대한 생각은 곧 목표를 이룸이고 효도를 행하려는 마음 역시 너희들 목표를 이루는 길이니 시간을 아껴 계속 정진하기 바란다. 공부할 때를 놓치면 후회하게 된다. 이 애비를 보거라. 때를 놓치니 아직까지도 생원을 면치 못하고 있는 것 아니냐?”

이때 현룡은 집에 돌아와 글을 쓰기 시작했다. 그것이 바로 ‘경포대부鏡浦臺賦’ 였다.

맑은 물결은 천지天池에서 나뉘어 한 개의 차가운 거울처럼 맑고, 왼편 다리를 봉도蓬島에 잃어버려 두어 점의 푸른 봉우리가 나열했네. 여기에 한 누각이 호수에 임하여, 마치 발돋움 자세로 날 듯하다. 비단 창문엔 서늘한 바람이 불어오고, 아침 햇빛은 푸른 하늘에서 비춰주네. 아래로는 땅이 아득해 성곽을 보고서야 겨우 분별하게 되고, 위로는 하늘에 솟아 있어 별을 잡아 어루만질 성싶다.

아! 인생은 바람 앞 등불처럼 짧은 백년이고, 신체는 넓은 바다의 한 좁쌀이라네. 여름 벌레가 얼음을 의심하는 것이 가소롭고, 달인達人도 고독을 당할 때가 있음을 생각하네. 풍경을 찾아서 천지를 집으로 삼을 것이지, 하필이면 중선仲宣이 부질없이 고국 그리워함을 본받으랴?

경포대의 특징적인 풍경을 봄, 여름, 가을, 겨울로 나누어서 표현하고 중국 고사를 비유로 들어 인용한 경포대부는 그렇다고 경포대의 경치만을 찬양한 것이 아니었다. 부의 전문을 살피면 마음을 비우고 사물을 대할 때는 대나무처럼 올곧아야 하며 정신을 바르게 가지면 뜻이 지켜질 것이고 산과 물을 좋아하는 것은 바로 인지仁智를 사모하는 것이라는 것을 말하고 있다.

현룡이 열한 살 되던 해 아버지 원수는 병을 앓아 자리에 누웠다. 모든 식구가 나서서 밤낮없이 간호를 하고 의원을 부르고 탕약을 달여도 병은 차도를 보이지 않았다. 그의 나이 마흔 셋이었다.

집안의 기둥인 사람이 무거운 병을 앓고 눕자 온 가족 모두가 근심이었다. 자칫 가족을 두고 세상을 떠나기라도 한다면 이건 하늘이 무너지는 일이었다.

아무리 병에 좋다는 약을 다 구해다 써보아도 백약이 무효였다.

"병을 낫게 할 무슨 방법이 없을까?"

사임당이 그런 고심을 하고 있을 때였다.

"어머니! 어머니!"

밖에서 매창의 다급한 목소리가 들려왔다. 급히 밖으로 나온 사임당은 버선발로 매창이 발을 동동 구르고 있는 부엌으로 달려갔다.

"무슨 일이냐?"

사임당의 눈이 휘둥그레졌다. 매창의 손에 사발이 들려 있었고 그 사발엔 피가 담겨 있었다.

"혀, 현룡이가……!"

매창은 말을 잇지 못했다.

"현룡아, 이게 무슨 일이냐?"

사임당은 피가 솟구치는 현룡의 손을 잡았다. 그리곤 얼른 치마 춤으로 손을 감쌌다.

"아버지의 병을 낫게 해드리려고요. 이 피를 아버지에게 잡숫게 하세요. 그러면 아버지의 병이 나으실 거예요."

울먹이며 말하던 현룡인 부엌을 나와 그대로 어디론가 달려가고 있었다.

"혀, 현룡아!"

사임당이 현룡을 불렀지만 그의 모습은 순식간에 사라졌다. 사임당과 매창은 얼른 현룡의 뒤를 따랐다.

현룡이 달려온 곳은 조상을 모시는 마을 뒤 사당이었다.

"하느님, 조상님, 저의 아버지를 살려주십시오. 저는 아직 나이가 어리지만 그래도 귀신을 물리칠 수 있습니다. 저희 아버지는 허약하십니다. 차라리 저를 데려가시고 아버지를 살려주십시오!"

"……!"

"……!"

현룡의 뒤를 따라온 사임당과 매창은 기가 찼다. 하지만 기도가 어찌나 진지하던지 이내 현룡을 따라 함께 무릎을 꿇고 조상에게 간절히 기도했다. 이런 기도는 사임당이 아팠을 때도 현룡이 조상에게 하던 기도와 같았다.

"조상님, 남편을 살려주십시오. 아버지를 살려달라고 간절히 비는 어린 아이의 소원을 들어주십시오. 우리 가족 모두의 소원이 나이다."

매창도 같은 심정으로 기도를 했다.

기도를 끝낸 뒤 사임당은 현룡을 앞세우고 집으로 돌아왔다.

이런 간절한 기도가 통했을까? 며칠이 지나자 원수의 병에 차도가 보이기 시작했다. 미음조차 삼키지 못하던 사람이 갑자기 미음을 먹기 시작했고 달여 오는 탕약을 먹었다. 그러더니 점차 기운을 차리기 시작했다.

"여보, 이상한 꿈이었소. 정말 이상한 꿈이었소."

여러 날을 앓았던 사람이 마치 하룻밤 자다 꿈을 꾸고 일어난 사람처럼 그렇게 말했다.

"괜찮으세요?"

사임당은 꿈 이야기에는 관심 없었다. 이상한 꿈이래 봐야 그것은 한낱 꿈에 불과할 테고 남편의 회복은 현실이었다. 애오라지 남편이 회복된 것만 기쁜 일이었다.

"괜찮소. 어느 순간부터 기운이 나기 시작하더니 절로 병이 씻은 듯 없어져 버렸소."

"그래요? 정말 다행이에요."

"어머니, 이건 현룡이 때문이에요."

매창이 신기한 일이 벌어졌다는 표정으로 말한다.

"그렇구나. 현룡이 때문이구나."

현룡의 기도가 생각난 사임당은 미소를 보였다.

"그게 무슨 소리요?"

원수는 영문을 모르겠다는 듯 어리둥절한 표정으로 사임당과 매창의 얼굴을 번갈아 바라본다.

"당신이 나은 건 현룡이 때문이지요. 그럼요, 정말 현룡이의 기도로 당신이 나은 거예요."

"무슨 영문인지 모르겠구려. 내 병이 나은 게 현룡이 기도 때문이라니요? 현룡이가 나를 위해 기도라도 했단 말이오?"

사임당은 며칠 전 현룡이의 행동을 자세히 설명해주었다.

"그랬구려. 그렇다면 맞소. 현룡이의 기도로 내 병이 나은 것이 틀림없소."

"어린 것이 참, 어쩜 그런 생각까지 했는질 모르겠어요."

"보통 애가 아닌 것만은 틀림없어요."

"아참, 조금 전에 이상한 꿈이라고 하셨나요? 그게 뭐죠?"

사임당은 원수가 했던 말을 상기하며 물었다.

"참 희한한 일이었소. 꿈속에서 신선이 나타나 하는 말이 앞으로 현룡이가 동방에 큰 유학자가 될 것이니 이름을 바꾸라고 하질 않았겠소?"

"이름을요?"

원수가 고개를 끄덕인다.

“왜요? 지금 현룡이란 이름은 꿈속에 용이 나타나 그렇게 지은 것인데 그게 나쁜 이름이라던가요?”

“그건 나도 모르겠소. 하지만 어찌나 선명한 꿈이던지 그냥 무시할 순 없을 것 같소.”

“그럼 현룡의 이름을 어떻게 바꾸라던가요?”

사임당은 궁금하여 물었다.

“구슬 옥玉 변에 귀 이耳 자로, 그러니까 귀고리 이珥로 바꾸라는 말이오.”

동국이란 중국 동쪽에 있는 우리나라를 말하는 것이고 귀고리 이자는 아마 백성들의 이야기를 귀담아 듣고 의견을 수렴하라는 이야기라고 짐작했다.

“이름은 좋은 이름 같은데 글쎄요.”

“개명을 고려해 보는 것이 어떻겠소? 현룡이란 이름도 좋으나 꿈이 예사롭지 않아서 그러오.”

“동방에 큰 유학자가 될 것이라는 말과 이름을 바꾸라는 연관성을 지으면 아무리 꿈속의 이야기라도 그냥 지나치기가 그러네요. 어떻게 해야죠?”

“예사로운 꿈이 아니니 고치도록 합시다. 아무리 생각해도 그게 좋겠소.”

“그럼 현룡이를 이로 고치지요.”

이로부터 현룡의 이름은 사라지고 이름은 이로 고쳐졌으며 밤나무가 많은 파주 율곡리의 지명을 따서 호를 율곡栗谷이라 지었다.

과거에 급제하다

중종 임금의 시대가 끝나고 새로 즉위한 명종이 임금의 자리에 오른 지 삼 년이 지났다. 사임당은 아들 선과 번, 그리고 율곡을 과거장으로 보냈다.

선은 네 번째, 번은 두 번째 치르는 과거시험이었다. 율곡은 어린 나이라 경험 삼아 치르게 했다.

"선아, 침착하게 당황하지 말고 시험을 치르거라. 번이도 그래야 한다. 이는 나이가 어린 만큼 경험으로 생각하여라. 과거를 치르러 오는 선비들은 경향 각지에서 몰려오는데 모두 다 학문이 높은 사람들이다."

한양으로 떠나기 전 사임당은 세 아들에게 당부의 말을 잊지 않았다. 원수는 세 아들을 데리고 과거시험을 치르기 위해 한양으로 올라갔다.

"나이도 그렇고 순서도 그렇고 제발 선이 과거에 급제해야 할 텐데."

나이 들고 결혼도 해야 할 선이 제발 과거시험에 합격하기를 빌었다. 매번 선이 과거시험을 볼 때마다 치성을 드려 기도를 했지만 번번이 떨어지자 애를 태우던 일이 이번으로 끝났으면 하는 마음이었다.

아이들이 과거장으로 떠나고 혼자 있게 되자 문득 강릉의 어머니 이 씨의 모습이 떠올랐다. 이제 많이 늙으셨을 텐데, 어머니가 어떻게 살고 계실지 사임당은 어지러운 마음을 달래려 종이를 펼치고 강릉 경포대를 그렸다. 그리곤 한 편의 시를 지었다.

千里家山萬疊峰 천리가산만첩봉 산 첩첩 내 고향 천리연마는
歸心長在夢魂中 귀심장재몽혼중 자나 깨나 꿈속에도 돌아가고파
寒松亭畔孤輪月 한송정반고수월 한송정 가에는 외로이 뜬 달
鏡浦臺前一陣風 경포대전일진풍 경포대 앞에는 한줄기 바람
沙上白鷗恒聚散 사상백구항취산 갈매기는 모래톱에 헤락 모이락
海門漁艇任西東 해문어정임서동 고깃배들 바다 위로 오고가리니
何時重踏臨瀛路 하시중답림영로 언제나 강릉길 다시 밟아가
更着斑衣膝下縫 갱착반의슬하봉 색동옷 입고 앉아 바느질할꼬.

"인선아, 네가 잘못한 것이 무언지를 알겠느냐?"

어머니는 회초리를 들고 있었다. 다섯 살 때로 사임당은 그 어린 날을 추억하고 기억한다.

"다시는 안 그럴게요."

인선은 두 손을 싹싹 빌었다.

"똑바로 말해 보거라. 네가 무엇을 잘못했는지!"

"할아버지한테 문안인사를 드리지 않았고 말대꾸를 했어요."

인선이 말하는 할아버지는 어머니 이 씨의 아버지 이사온을 말한다. 그러니까 인선에게는 외할아버지였다.

조금 전 할아버지 이사온이 손녀 인선을 불렀다.

"오늘도 너는 할애비한테 아침 문안인사를 하지 않았다. 그것도 벌써 며칠째다."

"……."

"왜 그랬느냐? 잘못이란 걸 알고 있느냐?"

"몰라요! 아침마다 할아버지 방에 가서 인사하는 게 귀찮아요."

"귀찮아도 어른한테는 꼭꼭 문안인사를 드려야 하는데도?"

"싫다니까요! 귀찮아서 하기 싫은 걸 할아버지는 왜 자꾸 하라고 그러세요?"

이 광경을 본 어머니 이 씨가 그래서 인선을 불러 야단을 치는 중이었다.

"해야 하는 일인데 싫다고 안 해? 그리고 할아버지가 이르시면

네, 하고 공손히 따라야지 어디서 조그만 계집애가 할아버지에게 말대꾸를 해? 종아리 걷어!"

"잘못했어요, 다시는 안 그럴게요."

인선은 여전히 두 손을 싹싹 빌었다.

"종아리 걷으라니까!"

인선은 벌벌 떨면서 종아리를 걷었다. 그러자 어머니가 회초리 자국 선명할 정도로 다섯 번을 내리쳤다. 어찌나 세게 때렸던지 종아리에 핏줄이 터졌고 어린 인선은 엉엉 울었다.

"또다시 이런 일이 있을 땐 정말 용서하지 않을 테니 그런 줄 알아라. 지금 할아버지한테 가서 잘못했습니다 하고 용서를 빌고 와. 어서!"

인선은 눈물을 닦으며 할아버지 방으로 건너갔다.

"으흠!"

할아버지는 인선이 방으로 들어오는 것을 알고는 그냥 큰 기침을 하며 곰방대를 물었다.

"할아버지."

"오냐."

"잘못했습니다."

"잘못? 우리 손녀가 뭘?"

"이제부터 문안인사 잊지 않고 꼭 드릴게요. 그리고 말대꾸를 하지 않을게요."

그러면서 인선은 울음을 터뜨리고 만다. 어린아이들이 어른에게 용서를 빌 때 드러내는 특성을 그대로 드러내고 있었다.

"이리 오너라."

할아버지는 그런 어린 손녀를 두 팔을 벌려 부른다. 인선은 할아버지 품에 안겨들어 더 크게 울음을 터뜨린다.

"그래, 아침마다 어른에게 문안인사를 하는 것은 예절에 속하는 것이다. 그러니 잊지 말고 하도록 해, 알겠지?"

"네."

"많이 아팠지? 어디 보자."

이사온은 인선의 종아리를 살폈다. 어찌나 세게 때렸던지 종아리 자국에서 피가 새어나오고 있었다.

"쯧쯧, 아무리 야단을 치기로서니 이렇듯 세게 때릴 수가 있나? 할애비가 약을 발라주어야지 안 되겠다. 인선아, 여기 잠시 앉아 있어라? 할아버지가 나가서 약을 가져올 테니."

이사온은 약을 가지러 밖으로 나왔다. 마당에선 어머니 이 씨가 절굿공이로 곡식을 빻고 있었다.

"에미야, 애 야단치는 것이야 교육상 어쩔 수 없는 일이다만 저 쪼그만 애를 어떻게 저렇게 세게 때릴 수가 있냐? 너무 심하지 않았냐?"

"그러지 않으면 버릇이 점점 나빠져요."

인선이 여덟 살 때였다.

안견의 그림을 보면서 열심히 그림공부를 할 때였다.

아무리 습작을 해도 도무지 그림이 늘지 않았다. 비슷하게는 되는 것 같은데 풀벌레들은 죽은 것처럼 생동감이 나타나지 않았고 포도그림은 밋밋했으며 대나무 숲은 원근이 살아 있지 않아 형편없었다.

뒤꼍 검은 대나무 숲으로 다가간 인선은 풀벌레들의 생생한 움직임을 지켜보면서 그것을 그림으로 살려내려고 유심히 살폈다. 이를 지켜보던 어머니 이 씨가 말했다.

"수없는 습작을 통해야만 마음에 드는 그림이 그려지는 것이란다. 그림이 잘 안 그려진다고 실망할 것 없다. 누구에게나 그런 과정이 있는 거니까."

"소질이 없는 것 같아요."

"소질보단 노력이 없음을 반성해라. 그림의 시작을 시간의 길이로 재보면 너는 이제 걸음마를 걷고 있는 것이나 다름없는데 벌써 소질 운운하는 것은 잘못된 일이지. 예술은 평생을 해도 만족스럽지 못하다. 학문도 마찬가지다. 평생 꾸준히 노력하는 길만이 해답이다."

만일 이때의 어머니 말씀이 없었다면 어땠을까? 교훈으로 남아 이후 인선은 더욱 열심히 그림을 그리고 학문에 정진할 수 있었다.

"시험은 잘 치렀느냐?"

과거시험을 보고 내려온 세 아들에게 사임당이 물었다. 먼저 선에게 물었다.

"시험이 어땠니? 대답해 보거라."

"최선을 다했는데 잘 모르겠습니다."

이 말에 사임당은 낙담했다. 가장 기대를 하고 있고 제발 이번에는 과거에 급제할 수 있기를 바라는 사임당에게 선의 말은 모범적인 대답이 아니었다.

"번이는?"

"저도 잘 모르겠습니다."

"이는?"

"저도 잘 모르겠습니다."

"사내 녀석들이 그렇게 자신이 없어서야 원! 잘 봤으면 잘 본 것이고 못 본 것이면 못 본 것이지, 한결같이 세 녀석 다 잘 모르겠다니?"

그러나 율곡의 표정은 선과 번과는 다르다는 것을 사임당은 이내 알아차렸다. 형들이 자신 없이 말하는데 자신이 당당하게 말하면 형들 입장이 난처할 것 같아 형들과 똑같이 말한 것이란 짐작이다.

"사내 녀석들이라면 어떠한 경우라도 자신감을 잃어선 안 된다. 가장 선행되어야 할 것은 어떠한 일 앞에서도 자신감을 갖는 일이다. 너희들이 과거에 급제하길 바라는 것은 나라의 쓸모 있는 인재가 되길 바라는 것도 있지만 너희들 학업이 얼마인가를 측정하기 위함도 있다는 것을 알아라. 이제 시험이 끝났으니 너희들은 다시 각자 자신의 몸과 마음을 바르게 닦고 학문에 정진하도록 해라."

어머니의 훈도를 들으면서 이의 표정은 형들과는 조금 달랐다. 형들에 비해 조금 여유로운 표정이었다.

"지금 내가 이야기하려는 것은 『예기』 옥조玉藻편에 나오는 말로서 몸과 마음을 수렴하는데 도움이 될까 해서 들려주려 한다. 내 생각으론 몸과 마음을 수렴하는데 구용九容보다 더 절실한 것은 없으며 학문을 진보시키고 지혜를 더하는 데 구사九思보다 더 절실한 것은 없다는 생각이다. 어미가 구용과 구사를 들려 줄 테니 항상 이 말을 기억하여 몸가짐을 단정히 하고 군자로서의 면모를 갖추기 바란다."

"네, 어머님."

세 아들은 조용히 앉아 사임당의 말을 들었다.

족용중足容重이다.

발걸음을 무겁게 하여야 한다. 이는 경망스럽게 거동하지 말라는 뜻이다.

수용공手容恭이다.

손가짐을 공손히 하여야 한다. 손을 멋대로 늘어뜨리지 말고 두 손을 단정히 모으고 망령되게 움직이지 말라는 뜻이다.

목용단目容端이다.

눈가짐을 단정히 해야 한다. 눈을 똑바로 뜨고 흘겨보거나 곁눈질하지 말라는 뜻이다.

구용지口容止이다.

입모습을 가만히 해야 한다. 말을 하거나 음식을 먹을 일이 아닐 때에는 입을 가만히 두고 함부로 움직이지 않아야 한다는 뜻이다.

성용정聲容靜이다.

말소리를 조용히 한다. 함부로 소리를 높이지 않으며 쓸데없는 소리를 하지 않는다는 뜻이다.

두용직頭容直이다.

머리 모습을 곧게 한다. 머리는 반듯하고 곧게 하여 기울거나 비뚤지 않게 한다.

기용숙氣容肅이다.

숨쉬기는 고요하게 한다. 숨을 쉴 때에는 소리를 내선 안 된다는 뜻이다.

입용덕立容德이다.

서있는 모습엔 덕이 있어야 한다. 서 있을 때는 한쪽으로 기대지 말고 똑바로 서 덕스러운 기상이 있어야 한다는 뜻이다.

색용장色容莊이다.

얼굴빛을 장엄하게 한다. 얼굴색을 가지런하게 하여 태만한 기색이 보이지 않아야 한다는 뜻이다.

시사명視思明이다.

보는 것은 밝게 보기를 생각한다. 가림 없이 보라는 뜻이다.

청사총聽思聰이다.

듣는 것은 밝게 듣기를 생각한다. 막힘 없이 듣는다는 뜻이다.

색사온色思溫이다.

얼굴빛은 온화하기를 생각한다. 얼굴빛은 항상 따뜻하여 성냄을 나타내지 말아야 한다는 뜻이다.

모사공貌思恭이다.

몸가짐은 공손하기를 생각한다. 몸가짐은 항상 단정하여야 한다는 뜻이다.

언사충言思忠이다.

말은 충성스럽기를 생각한다. 한 마디의 말을 하여도 충성스럽게 해야 한다는 뜻이다.

사사경事思敬이다.

일은 삼가기를 생각한다. 일을 할 때엔 항상 공경하여야 한다는 뜻이다.

의사문疑思問이다.

의심나면 묻기를 생각한다. 마음에 의심이 생기면 반드시 나아가 물어서 알아내야 한다는 뜻이다.

분사난忿思難이다.

성이 나면 어려움을 생각한다. 성이 나는 일이 있으면 반드시 이치로 해결하여 이를 극복하여야 한다는 뜻이다.

견득사의見得思義이다.

얻을 것이 생기면 의를 생각한다. 재물을 얻게 되면 반드시 의로운 것인가를 먼저 생각하고 취해야 한다는 뜻이다.

"너희들의 뜻은 크길 바라고 작은 성취에 만족하지 않는 그런 사람이길 바란다. 어미는 너희들이 바로 칠조개漆雕開와 같은 인물이기를 바라는 것이다."

칠조개는 공자의 제자로서 춘추 말기 덕행으로 유명했다. 공문 칠십이현 중 한 사람이다. 사임당이 자식들을 교육시키면서 칠조개를 말한 것은 어떤 뜻이 있었던 것일까?

공자는 사士계급 출신이다. 그러니 칠조개 역시 같은 계층으로 선비들은 당시 경제적으로 불안정한 계층에 속했다. 평생토록 생존을 염려하며 살아갔던 공자는 제자의 어려움을 알고 직장을 마련해줬다. 한데 칠조개는 "저는 아직 그 자리를 맡을 만한 깜냥이 되지 못합니다"라고 사양했다. 학문에 더더욱 정진하기 위해서였다. 이를 보고 공자가 크게 기뻐했다.

사임당은 이렇듯 자식들이 학문에 비중을 두고 자신들의 삶을 살기를 염원하며 교육을 시켰다.

시간이 흘러 약 보름여가 지났다.

사임당이 모처럼 한가한 시간을 맞이해 그림을 그리고 있었다. 그런데 갑자기 집밖에서 사람들이 웅성거리는 소리가 들리는가 하더니 점점 더 소란해지기 시작했다. 대문을 두드리는 소리가 요란했다.

"나와 보시오! 나와 보시오! 이 집에 경사 났소이다! 경사요!"

사임당은 처음엔 무슨 소린가 했다.

"이 집 아들이 장원급제요! 장원급제를 했단 말이오!"

"……!!"

사임당은 분명 장원급제란 소리를 들었으면서도 이게 무슨 소린가 잠시 멍해졌다.

"어서 나와 보시오! 이 집 아들이 장원급제를 했다니까요!"

그제야 사태를 짐작하곤 사임당은 얼른 밖으로 뛰어나왔다.

장원급제? 그럼 누가? 우리 선이가? 아님 번?

집밖엔 마을사람들이 모두 몰려나와 있었다.

"우리 마을에 경사가 났소! 이 집 아들이 장원급제를 했단 말이오!"

그때 마침 아버지와 함께 화석정으로 산책을 나갔던 자식들이 마을 입구로 들어서고 있었다.

"어, 저기 온다!"

누군가가 외치며 달려가자 마을 사람들이 우르르 뒤따라 달려가고 사임당 앞에는 덜렁 관아에서 온 한 사람만 남았다.

"누가?"

숨이 막힐 것 같았다. 마을사람들이 율곡을 얼싸안는 것과 관아에서 온 사람이 말한 것은 거의 동시였다.

"이이입니다."

율곡의 나이 13세, 서기 1548년(명종 3) 무신년戊申年의 일이었다.

율곡은 마을 장정에 의해 무동이 태워진 채 마을을 빙빙 돌았다. 마을 사람들은 그 뒤를 따르면서 환호했다.

그런 광경을 바라보는 사임당과 원수는 내심 기쁘면서 그러나 기쁨을 내색할 수는 없었다. 옆에 선과 번이 있었기 때문이다.

"어머니, 이가 정말 장한 일을 해냈습니다."

선이 맏아들답게 의연히 말했다. 그런 선을 사임당은 부둥켜안았다. 그리곤 등팍을 두드리며 위로했다.

"정말예요, 내 동생인 이가 어린 나이에 급제를 하다니 너무 장한 일이에요."

번도 진심으로 동생의 과거급제를 축하했다.

"그래, 너희들도 꼭 이런 때가 올 것이니 실망하지 말거라."

누가 그 사이 꽹과리를 들고 나왔는지 마을엔 꽹과리 소리가 요란하게 울려 퍼졌다. 정말 마을 전체가 기쁨의 도가니였고 율곡은 그 중심에 있었다.

멀리 바라보이는 율곡, 사임당에겐 지금 무동 태워진 그의 머리 위에 어사화가 보인다.

어사화는 과거시험에 장원급제한 자에게 임금께서 내리는 꽃으로, 실제 꽃이 아닌 조화이다. 머리에 쓰는 관에 꽂도록 돼 있으며 꽃 길이가 약 90㎝ 정도의 참대오리 2개를 푸른 종이로 감고, 다홍색, 보라색, 노란색 등의 종이로 무궁화 송이를 끼워 만든 것이다. 장원급제한 사람은 어사화의 한쪽 끝을 복두멕 뒤에 꽂고, 다른 쪽은 명주실로 잡아매어 머리 위로 휘어 넘겨서 입에 물고 3일간 유가遊街를 했다.

바로 그 유가가 진행되는 듯한 환호를 사임당은 마른 침을 삼키며 바라보고 있었다. 상기되고 홍분되는 이 순간을 오래오래 만끽하고 싶었다.

"아버님, 어머님."

마을을 돌아온 율곡은 장정들의 무동에서 내려 아버지 이원수와 어머니 사임당에게 큰절을 올린다.

"오냐, 축하한다."

사임당의 눈에선 기쁨의 눈물이 흘렀다.

"부모님의 가르침을 따랐기 때문에 지금의 영광이 있습니다. 감사합니다."

"오냐, 네가 진정 그렇게 생각한다니 고맙구나."

"이야, 축하한다."

"이야, 진심으로 축하해."

"축하해."

선과 번, 매창이 다가와 모두 축하의 말을 아끼지 않았다.

며칠이 지나도록 마을에선 잔치가 계속되었다. 소식을 듣고 온 이웃 마을 사람들까지도 이 경사를 마음껏 기뻐했다.

그러나 사임당은 기쁘면서도 한편으론 맏아들 선이 이번에도 과거에 낙방한 것이 가슴 아파 견딜 수 없었다. 율곡은 워낙 총명하고 똑똑한 아이라 후에 얼마든지 과거시험에 합격할 날을 기약할 수 있지만 선은 나이가 많고 이미 결혼해서 가정을 꾸릴 때가 지나 있어 누구보다 급한 문제였다. 거기다 갈수록 몸이 허약해져 걱정이었다.

세상일이란 것이 이렇듯 마음대로 되는 것이 아니구나 하는 마음에 한숨이 절로 나왔다.

사임당은 선의 건강을 위해 모든 노력을 아끼지 않았다. 다시 과거시험에 도전해 보기 위해서는 체력이 강해야 했기 때문이다. 하지만 건강은 천성으로 타고나야 되는 것 같았다. 어떠한 노력을 해도 허약한 몸은 나아지지 않았다.

허약한 몸이어선지 선은 47세의 나이로 일찍 세상을 떠났다. 어려서부터 학문을 익혀 줄곧 과거에 응했으나 뜻을 이루지 못하다가 41세가 되어서야 처음으로 진사에 올랐다. 하지만 진사에 오르고도 벼슬은 얻지 못했고 6년이 지나서야 서울의 남부南部 참봉이 되었는데 그나마도 몇 개월 하지 못하고 그해 8월에 세상을 떠나고 말았다.

결혼은 아주 늦어 32세에 했는데 아마 이는 건강 때문인 것으로 짐작한다. 그 근거로는 아버지 원수가 아들 선에게 보낸 편지 속에서 읽을 수 있다.

"너의 부증浮症이 아직 차도가 없다니 정말 걱정스럽다."

선이 세상을 떠나자 율곡은 당시 35세 때로 친히 제문을 지어 읽으면서 묘지명까지 지었으며 훗날 황해도 해주 석담에서 청계당을 짓고 살면서 형수인 선의 아내를 집안의 가장 큰 어른으로 극진히 모시고 살폈던 이야기는 유명하다.

열세 살의 율곡은 분명 어린 나이였다. 그러나 과거에 급제를 하고부터는 행동이 어른처럼 원숙했다. 일부러 원숙한 행동을 취한 것이 아니라 태 자체가 그렇게 변모하고 있었다.

"지나치거나 모자람 없이 도리에 맞는 것이 바로 중中이며 평상

적이고 불변적인 것이 용庸이다. 네가 과거에 급제했다고는 하나 이제부터 시작임을 잊어선 안 된다. 나이가 어려 과거시험에 합격한 것을 두고 많은 사람들의 칭송이 자자하나 이럴수록 마음의 중심을 잃지 말고 겸손해야 하며 더더욱 학문에 힘써야 한다. 알겠느냐?"

"네, 어머니. 명심하겠습니다."

"무릇 대장부라 함은, 힘이 아니라 올바른 가치관으로 학문을 쌓고 그 학문을 토대로 바르게 살아가는 사람을 일컫는다. 남을 대할 때에도 항상 너그럽고 부드럽게 대해야 하느니라. 너그럽고 부드럽다는 것은 남을 포용하는 넓은 도량과 겸손하고 온순한 것을 말한다."

"네, 어머니."

"네가 훗날 만일 일정한 벼슬을 얻어 나라를 다스리게 된다면 예로써 해야 하느니라. 그러하지 않으면 그것은 쟁기 없이 밭을 가는 것과 같고 그렇더라도 의로움에 바탕을 두지 않는다면 이는 밭을 갈고도 씨를 뿌리지 않는 것과 같다. 설령 의를 행하더라도 학문적으로 도리를 밝히지 않는다면 씨를 심고도 김을 매지 않는 것과 같으며 학문적으로 한다 하더라도 인애의 도리를 합하지 않는다면 마치 김을 매고도 거두지 않는 것과 같다. 어미가 네게 예를 강조하는 것은 예가 없으면 모든 일이 위태롭다는 것을 알게 하기 위함이다. 이야."

"네, 어머니."

"예라는 것은 자기를 낮추고 남을 높이는 것을 원칙으로 한다. 물건을 지고 다니며 장사하는 부판負販일지라도 남을 존경하는 마음이 있어 예를 갖추게 된다면 부귀한 사람이나 학문의 소양을 갖춘 사람 부럽지 않은 법이다."

사임당은 율곡이 너무 일찍 과거에 급제를 하여 혹여 자만하거나 우쭐거릴 수가 있기 때문에 미리 이런 훈도를 해야 할 필요가 있다고 생각했다.

율곡이 장원급제를 하고 얼마 지나지 않아 사임당은 율곡리에서 한양으로 올라와 다시 수진방에서 살기 시작했다.

시어머니 홍 씨를 모시는 일도 중요한 일이었고 아울러 자식들의 공부를 위해서도 한양에 머무는 것이 여러모로 좋겠다는 생각이었다. 율곡이 과거에 장원급제를 한 뒤라 이 생각은 더더욱 절실하고 공고했다.

열세 살의 어린 아이가 과거에 급제하였다는 것이 세상에 알려지고 그 아이가 바로 율곡이라는 소문은 강릉 북평촌 외할머니 이 씨에게도 알려졌다. 북평촌에서는 경사가 났다며 마을 전체가 들썩였다.

"어렸을 때부터 그렇게 총명하더니 결국 일을 냈군, 일을 냈어."

"그 아이가 우리 마을에서 태어나 자랐다는 것은 연년세세 두고두고 자랑거리지."

"할머니 이 씨도 훌륭하고 그 밑에서 자란 인선인 또 얼마나 뛰어나던가? 어머니의 훌륭한 교육 덕택으로 이 마을에서 신동이 태어난 거라고."

모두가 이구동성으로 칭찬이 끊이질 않았다. 마을 사람들에게 그런 칭찬을 들을수록 사임당의 어머니 이 씨는 딸이 사무치게 그리워서 눈물로 밤을 새우기 일쑤였다.

내 딸의 나이 벌써 마흔일곱 아닌가, 출가한 지 어언 27년이나 되고 일곱 아이의 어머니로서 재주 또한 얼마나 뛰어난가?

딸이 몹시 그립던 이 씨는 마음을 달래려 노을이 지는 저녁 나절 딸이 책을 읽고 그림을 그리던 방문을 열었다. 그러자 거기에는 출가하기 전의 딸이 앉아 그림을 그리고 있었다.

"어머니."

"그림 그리는구나?"

"산수화를 한 번 그려보려는데 잘 안 돼요."

"자꾸 그리다 보면 잘 되겠지. 저녁 먹어라."

"먼저 잡수세요. 그림을 마저 그리고 먹을게요."

"그러다가 날밤을 샌 것이 어디 한두 번이니?"

한양에 머무는 사임당 또한 어머니를 사무치게 그리워하고 있었다. 이렇게 따뜻한 봄날 강릉의 자연은 꽃에 뒤덮이고 그 꽃을 보면서 초충도, 매화도를 그렸던 시절을 떠올린다.

"어머니는 늘 여자도 배워야 한다면서 책을 읽고 그림 공부를 열심히 시키셨죠. 다섯 딸에 아들 하나 기어들기를 바라셨지만 아들을 얻지 못하여 그 몫을 내게 챙기시려 했던 것인가요? 그랬던 것인가요?"

고향집에 대한 향수와 어머니에 대한 그리움은 날로 더해갔다. 그래서인지 사임당의 건강은 점점 쇠약해져 갔다. 원래 병약했던 몸이었지만 날로 더 약해져 갔다.

원수는 사임당의 원기를 회복시키기 위해 세상 좋다는 약은 다 구해 와 먹였지만 별 효험이 없었다. 오늘도 원수는 몸에 좋은 약을 구해 와 매창에게 정성껏 달이라고 하고선 자리에 누워 있는 사임당을 걱정스러운 얼굴로 바라봤다.

"또 약을 구해오셨어요?"

"좋다고 해서 구해왔으니 이번엔 효험을 볼 거요. 기운을 차리는데 이만한 약이 없다고 그러니 한 번 믿어봅시다."

"그런 일이 벌써 몇 번이세요? 이제 그만 하세요."

"이리저리 하다 보면 당신 몸에 딱 들어맞는 약을 분명 만나게 될 거라 믿어요. 그만 하라는 말은 하지 말고 매창이가 정성스레 탕약을 끓여오면 먹도록 해요."

"당신에게 미안해요. 그리고 고맙고요. 돌아보면 난 당신한테 아내로서 힘이 되어 드린 게 하나도 없는 것 같아요. 진작 깨달아 당신한테 정성을 다했어야 했어요."

"그런 소리 하지 마오. 당신은 나한테나 아이들한테나 기둥이오. 우리 집의 기둥이란 말이오."

"이렇게 맥이 없고 보니 당신한테 자꾸 공부하라고 강요한 것이 후회가 됩니다. 주제넘었던 것 같기도 하고요. 그러나 제 뜻은 오로지 당신을 위하고 아이들을 위함이었다는 것을 알아주셨으면 고맙겠어요."

"알고 있소. 다만 당신의 뜻에 부합하지 못한 것이 부끄러울 따름이오. 하지만 어쩌겠소? 난 원래 공부에는 소질이 없고 머리가 그다지 좋지 않아 결과를 만들어 내지 못한 걸."

"머리가 좋지 않다는 말은 받아들일 수 없어요. 당신의 머리가 나쁜데 어떻게 아이들이 하나같이 우수하겠어요? 특히 이를 보세요. 특출한 아이가 당신과 나 사이에 태어났다는 것을 상기하세요. 당신 아들이 불과 열세 살에 과거에 급제했다는 사실을 잊지 마세요."

"그건 그렇소. 여하튼 하루빨리 기운을 차리도록 노력하시오."

그리곤 방문을 열고 밖을 내다본다. 탕약이 다 되었는가를 확인하기 위해서다. 마당에선 매창이 화로에 열심히 부채질하며 탕약을 끓이고 있었다.

"매창아, 아직 멀었느냐?"

"조금 더 끓여야 될 것 같아요. 약초를 푹 우려야 효험이 더 있겠죠?"

"그야 말해 무엇 하냐. 하늘이 잔뜩 흐린 걸 보니 머잖아 눈이 올 것 같구나."

그 말에 사임당이 일어나 앉아 밖으로 시선을 보낸다.

"그러네요. 날씨가 잔뜩 흐린 것을 보니 눈이 내릴 것 같군요. 함박눈이 펑펑 쏟아지면 좋겠죠? 그런 눈을 한번 보고 싶네요. 강릉엔 참 눈이 많았는데."

사임당이 열려진 문밖의 세상을 바라보며 말한다.

"같은 하늘 아래이면서 강릉엔 왜 눈이 유독 많이 내렸는지 모르겠어요. 정말 눈이 풍부했어요. 특히나 뒷숲 오죽에 내린 눈은 얼마나 예쁘고 탐스러웠는지, 되돌릴 수만 있다면 그 시절로 돌아가고 싶어요. 정말 그러고 싶어요."

그러길 바라는 원망願望이 눈에 가득했다.

"올해는 당신의 몸이 허락지 않으니 어쩔 수 없고 내년 겨울엔 일찍 강릉으로 내려가 눈을 맞이합시다. 대숲에 쌓인 눈을 나도 보고 싶소."

"그럴 수 있을까요? 정말 내가 그럴 수 있을까요? 그럴 수만 있다면 여한이 없겠지만요."

"당연히 그럴 수 있지, 못할 게 뭐가 있겠소? 찬바람이 들어오는데 문을……."

"아네요, 시원하고 좋으네요. 어머, 눈이 내리기 시작해요."

사임당이 문밖으로 고개를 쭉 내밀며 하늘을 쳐다본다.

"네 어머니, 눈이 내리기 시작해요."

매창이 탕약 화로 앞에 쪼그리고 앉았다가 일어나 하늘을 쳐다보며 손을 펼쳐본다.

"올해 첫눈이구려."

"강릉에도 지금 눈이 내릴까요?"

사임당은 또다시 강릉을 입에 바른다. 그리움, 어머니에 대한 그리움. 고향에 대한 그리움, 이는 채울 수 없는 아내의 절창이었다.

사임당은 추운 겨울 내내 방에서 나오지 못하고 앓아 눕는 날이 대부분이었다.

겨울이 지나고 봄이 지나고 여름이 왔을 때, 기쁜 소식 하나가 날아들었다. 남편 이원수가 수운판관水運判官이란 벼슬에 오르게 되었다.

수운판관이란 지방으로부터 나라에 조세로 바치는 곡식을 실어 올리는 선박 사무를 맡은 종5품의 조그만 벼슬이었다. 열세 살에 과거에 급제한 아들에 굳이 비유한다면 창피한 벼슬이지만 그래도 오십 살이 되어서 처음 가져보는 벼슬이라 그 기쁨은 말로 다할 수 없었다.

"이제야 당신 볼 면목이 서는구려."

"축하드려요. 늦게 갖는 벼슬이지만 충실하게 맡은 소임을 다하길 바라요."

"여부가 있소? 어떻게 얻은 벼슬인데."

원수는 연신 싱글벙글하며 좋아 어쩔 줄 모른다.

"그렇게 좋으세요?"

"아, 좋다마다요. 이제 나도 기를 좀 펴고 살 수 있게 되었소. 평생 조그만 벼슬자리 하나 얻지 못하고 사는가 했는데 이렇게 공직에 오를 줄이야."

이원수가 수운판관이 되자 그동안 어려웠던 집안 형편이 금방 좋아졌다. 병약한 사임당도 그 기쁨에 점차 건강을 찾는 듯했다.

사임당 세상을 떠나다

이듬해 수진방에서 삼청동으로 이사를 했다.

수진방은 막내아들 우를 낳기 위해 파주 율곡리로 내려가 잠시 살기도 했지만 그동안 시어머니 홍 씨가 거주하고 있었고 사임당은 수시로 수진방을 오르내려 살아온 정든 집이었다.

삼청동은 한양에서도 경치가 빼어나고 계곡으로 흐르는 물이 아주 맑아 사람이 살기 좋은 곳으로 유명한 곳이었다. 우사(寓舍 관리들이 임시로 빌려 사는 집)였지만 수진방보다 집이 넓었고 제법 너른 마당도 있어 비교가 되지 않았다. 무엇보다 기뻤던 것은 집이 넓고 방이 여러 개여서 매창에게 방을 따로 내줄 수 있었던 것이다. 강릉에서 어머니가 혼자만의 공간에서 마음껏 그림을 그리도록 자신에게 따로 방을 내주었을 때 가장 기뻤던 것을 상기하여 사임당은 딸 매창에게 똑같은 마음으로 방을 내주었다.

"이제부터 이 방은 네 방이다."

방을 따로 지정해 주었을 때 매창은 꿈인 듯했다.

"어머니, 고맙습니다."

"네 기분을 내가 잘 안다. 강릉에서 네 할머니가 나에게 이렇듯 방을 따로 내주고 열심히 공부하라고 했을 때 그때의 내 기분과 다르지 않을 것이기에 말이다."

"너무 좋아요. 행복해요."

매창의 그림은 정교했다. 그리고 그림에 붙인 시의 운치는 청신했다.

매창은 훗날에 여자의 규범을 잘 지켜 어머니 사임당과 다르지 않다는 평을 들었고 부녀자 중의 군자로 불릴 만큼 학식이 높았으며 지혜와 원려를 지녀 율곡조차 자신의 누님인 매창에게 어려운 일이 닥치면 묻는 일이 많았다.

1583년(선조 16), 율곡이 48세로 병조판서로 있을 때 북방을 쳐들어온 오랑캐 난리 즉 이탕개(尼湯介 일명 이탕개의 난리)의 무리가 북방을 쳐들어와 국경을 어지럽게 한 일이 있었는데 그때 율곡은 군량이 부족함을 걱정하여 매창에게 의논하였다. 그러자 매창이 말했다.

"우리나라는 남의 집 자식으로도 서자 계통이면 등용해 주지 않고 앞길을 막아버린 지 백여 년이 된다. 이런 일들을 두고 모두들 울분을 참지 못하고 있는데 그들에게 곡식을 가져다 바치게 하고 그 대신 벼슬길을 터주도록 해라. 그러면 이는 사리에도 맞을 뿐 아니라 부족한 군량도 채울 수 있을 것이 아니겠는가?"

율곡은 매창의 지혜를 빌려 이를 조정에 계청해 실제 행했다.

이는 매창이 뛰어난 여자로 단순 그림에만 뛰어난 것이 아니었다는 것을, 그 어머니에 그 딸이었음을 그대로 증명해 보인 것이다.

봄이 되자 개나리, 진달래가 따뜻해지는 바람을 머금고 삼청동 일대를 뒤덮었다. 그러자 이를 보러 온 상춘객들의 발길이 끊이지 않았다. 사임당은 매창을 데리고 나가 그것들을 보며 함께 그림을 그리곤 했다. 율곡은 여섯 살 아래 동생인 우의 손을 잡고 계곡 평퍼짐한 바위에 기어오르곤 하면서 형제간의 우의를 다졌다.

율곡과 우가 얼마나 우애가 좋았는가. 훗날 율곡이 황해도 해주 석담에 집을 짓고 틈만 있으면 술상을 차려놓고서 아우인 우에게 거문고를 타게 하고 또 시도 지으면서 서로 같이 즐겼다. 이율곡이 우와의 관계를 일러 스스로 말하기를 지기知己라 할 정도였으니 말하면 무엇 하랴. 아마 이것은 어렸을 때부터 다져온 형제간의 우의가 훗날까지 이어진 것이 아닌가 생각된다.

우를 살피면, 그는 26세에 생원 시험에 합격했으나 취임지가 너무 먼 곳이라 나가지 않았고 그 뒤에 빙고별좌, 사복시 주부, 비안 현감, 사헌부 감차, 상의원 판관, 괴산과 고부의 군수를 역임하였으며 학문과 예술로 이름이 높았고 덕망으로 모든 사람의 칭송을 받았다. 비안 고을에 현감으로 갔을 적에는 그곳의 관리들과 백성들이 어찌나 경모하고 추대했던지 만기가 되고도 그들의 뜻을 저버릴 수 없어 칠 년이나 거기서 더 머물러 있을 정도였다.

또 괴산 군수로 있을 때에는 마침 임진왜란을 만나 장정들을 모집, 왜적과 싸웠으며 이때 공로는 모두 관리와 병사들에게 돌렸고 적의 상황을 잘 살펴 백성들로 하여금 농사를 짓게 해 온 고을이 기근을 면하도록 했다.

또한 우는 금서시화사절琴書詩畵四絶로 거문고, 글씨, 시, 그림 등 네 가지 뛰어난 재주를 가진 천재 예술가였다. 누이인 매창과 더불어 어머니 사임당의 예술적 전통을 그대로 이어받았다. 그와 동시에 우는 우리나라 역사상 초서 잘 쓰기로 일인자로 꼽혔던 고산 황기로孤山 黃耆老의 지도를 받아 글씨의 경지에 이르렀다. 이는 고산 황기로의 무남독녀 외동딸에게 장가를 들어 그가 장인이었기 때문에 가능한 일이었다.

그는 훗날 처가의 고향인 선산善山에서 살았는데 장인 황기로의 모든 유업을 물려받아 유명한 낙동강 위 고산孤山 밑 매학정梅鶴亭의 주인이 되어 살았다.

율곡은 아우인 우에 대해서 이렇게 말했다.

"내 아우를 전적으로 학문에 종사케 했으면 내가 따르지 못했을 것이다."

우가 지은 「누가 내 집을 묻기에 시로써 대답하다」라는 시가 전해진다.

君問我家何處住 군문아가하처주 내 집이 어느 곳에 있느냐고요
依山臨水掩荊門 의산림수엄형문 저 산 밑 물가에 사립 닫은 집
有時雲鎖沙場路 유시운쇄사장로 이따금 모랫길에 구름이 덮여
不見荊門只見雲 불견형문지견운 사립은 안 보이고 구름만 보이죠

"매창아."

"네, 어머니."

"네 그림을 보니 이제 나로선 너를 가르칠 것이 정말 하나도 없다."

"왜 자꾸 그런 말씀을 하세요? 어머니로부터 그런 말씀을 들을 때마다 부끄러운 생각이 들어서 그림을 펴 보일 수가 없어요."

"이 시대 여자의 숙명은 삼종지도에 눌려 있는 것이 엄연한 현실이다. 그런 현실을 감안했을 때 너와 내가 가는 길은 얼마나 복받은 길인지 모른다. 여자로 태어나서 올바로 교육을 받을 수 있는 환경과 소질을 살려 그림을 그릴 수 있다는 것은 아무나 얻을 수 있는 복은 아니지."

"그런 것 같아요. 이는 훌륭하신 부모님이 계셨기에 가능했던 일이라 생각해요."

그로부터 얼마 후였다.

수운판관 이 원수는 조정으로부터 평안도 지방으로 가 세금으

로 받은 곡식을 한양으로 싣고 오라는 명을 받았다. 이번 임무는 벼슬에 오르고 난 뒤 원수에게 주어진 가장 무거운 임무였다.

"이번 조운漕運은 거리가 멀어 시일이 꽤 걸릴 텐데."

"평안도니까 거리가 멀어 시일이 많이 걸리겠죠?"

"내가 그 동안 집을 비워도 당신 괜찮겠소?"

원수는 몸이 약한 아내를 걱정하며 말했다.

"그래야 한 달 남짓일 텐데 뭘 그러세요. 곁에 매창이가 있으니 염려 마시고 다녀오세요."

"알겠소."

"혹시 가능할지는 모르겠지만 이번 조운 길에 선과 이를 동행해 데리고 가실 순 없나요?"

"아이들과 함께 말이오?"

"가능하다면 그렇게 하셨으면 좋겠어요. 아이들에게 견문을 넓히게 할 수 있는 좋은 기회라고 생각해서요. 이 기회를 놓치면 아이들이 언제 평안도를 가보겠어요. 쉽지 않은 일일 테니까요."

"그거 참 좋은 생각이구려. 한양과 강원도 땅만 보고 살았는데 평안도라? 하하, 아주 좋은 기회가 될 것 같소. 관아에 가서 알아보고 가능하도록 힘써 보겠소."

아버지의 조운 길에 자신들도 따라갔다 올 수 있다는 말을 들은 선과 이는 낯선 지방을 다녀온다는 것이 즐겁고 설레었다.

"형님, 평안도 지방은 어떤 곳일까요? 강원도와 비슷할까요?"

"비슷할 것 같기도 하고, 전혀 다를 것 같기도 하고, 알 수가 없지. 강원도는 산악지대이고 평안도는 그래도 평탄한 지형의 도라고 짐작할 뿐야. 아무튼 평안도, 그 먼 길을 다녀올 수 있다니 마음이 아주 설레는걸."

"우물 안 개구리처럼 살아오다 넓은 세상을 보고 새로운 환경을 접해볼 수 있다는 것이 즐거운 일인 것만은 분명해요."

며칠 후 원수는 아들 선과 이를 데리고 평안도로 향했다.

"잘 다녀오거라. 이번 여행길은 너희들에게 두고두고 좋은 경험이 될 것이다."

"그럴 거라 짐작합니다. 다녀오는 동안 건강하게 계십시오. 매창아, 어머님 잘 부탁해."

"걱정하지 마세요, 오라버니. 오라버니도 아버님과 이를 잘 부탁해요. 이는 아버님 말씀, 형님 말씀 잘 듣고."

"참 누님도, 제가 어린애입니까? 꼭 어린애에게 하시는 말씀 같습니다."

"내 눈에는 아직도 어린애."

남편과 두 아들이 평안도로 떠나자 삼청동 집은 빈집처럼 조용했다. 매창은 자기 방에 틀어박혀 하루 종일 그림을 그리고 있어 적막강산이나 다름없었다.

남편이 떠나고 일주일이 지날 무렵부터 사임당은 몸에서 기운이 빠져나가고 만사가 귀찮아졌다. 그토록 좋아하던 그림이나 책을 읽는 것조차 시큰둥했다. 전신에 힘이 빠지고 가끔씩 조여 오는 가슴의 통증이 사람을 아주 무기력하게 만들었다.

사임당은 자신의 삶이 그리 오래 남지 않았다는 것을 느끼고 있었다.

"벌써 세상을 뜨면 안 되는데. 아이들 혼인도 시켜야 하고, 아직 시어머니와 친정어머니도 살아계시는데 내가 먼저 가면……."

사임당은 이렇게 시름시름 앓다가, 자신도 의식하지 못한 상태에서 조용히 세상을 떠날 것 같았다. 그런 의식을 붙잡고 기운을 차리려 애썼지만 소용없는 일이었다. 이런 느낌이 죽음으로 가는 과정인 것 같았다.

"이러다가 남편이 돌아오기 전에, 선이와 이의 얼굴도 보지 못하고 죽게 되는 것은 아닐까?"

별의별 생각이 다 들었다. 매창이 곁에서 안타깝게 어머니를 불러도 사임당은 말이 없었다.

지금 사임당은 꿈속에서 강릉에 가 있었다.

바람이 불자 검은 대숲에선 댓이파리들이 서로 몸을 부딪치는 소리가 들렸다. 그 소리에 인선은 잠을 깼다.

인선은 이른 아침, 집에서 그리 멀지 않은 경포대를 찾았다. 경포대를 오르는 길은 짧지만 아름다운 소나무 숲길로 언덕에 다다르면 푸른 바다가 보이고 그 옆으로 눈길을 돌리면 경포호수가 보인다.

푸른 바다, 푸른 호수와 세상을 굽어보며 떠오르는 해의 움직임이 뚜렷하다. 수평선에서 얼굴을 내밀던 해는 어느새 인선의 시선과 일직선을 이룬다.

정들었던 바다, 강릉 경포대와 이별해야 될 시간 사이로 바람이 훅 하고 빠져나간다.

끼룩 끼룩.

바다 위를 나는 갈매기는 바다의 수면을 차기도 하고 한껏 하늘 위로 솟구쳐 날더니 잠시 비행을 멈추고는 얼마의 시간을 견디다 다시 날갯짓하며 날아 인선의 머리 위를 비행하기도 한다.

인선은 이제 여자의 길, 정해진 혼인을 자신의 숙명으로 받아들인다.

혼인을 하면 나의 길은 어떻게 달라질까? 어버이를 섬기고 자식을 낳아 기르고 교육하며 사는 것으로 여자의 길은 그렇게 정해지는 것일까? 그렇다면 나는 여태껏 열심히 그림을 그리고 글씨를 쓰고 글을 배우고 했던 것은 어떻게 되는 것인가? 무엇을 위함이었던가?

잠시 세상이 검은색으로 변한다.

"혼인이 정해졌다. 한양에 사는 덕수 이 씨로 고려 중랑장 돈수의 12대 손이며 아버지를 일찍 여의고 어머니 밑에서 혼자 자란 사람이다. 홀어머니 밑에서 혼자 자란 것이 다소 흠이나 외모가 준수하고 성품이 착해 선택하였다. 또한 그림을 아주 좋아하는 사람이라 하더구나."

내리감은 눈의 세상에서 떠올려 보는 지아비의 모습은 그러나 선뜻 그려지지 않는다. 실루엣처럼 나타나는 검은 형체로밖에 더는 모습을 확인할 수 없다.

눈을 뜨자 다시 세상은 고요하고 평화롭다. 바다에 두었던 시선을 거두고 옆을 바라보자 하도 맑고 고요해 거울 같다고 해서 이름 붙여진 경포호가 한눈에 내려다보였다.

"인선아, 이 호수의 전설을 아니?"

아버지 신명화가 기묘사화로 같은 뜻을 가진 선비들이 화를 당하자 울분을 참지 못해 한양에서 강릉으로 내려왔을 때 아버지는 나의 손을 잡고 이곳으로 와 함께 산책을 하며 그렇게 물었었다.

"아뇨, 잘 모르는데요."

"옛날에 부유한 백성이 경포에 살았는데 스님의 시주 요청에 인분을 퍼주었단다. 그러자 그 집터와 주위가 호수로 변했고 그 부자가 가지고 있던 곡식이 모두 물에 잠기고 조개로 변했다 하여 그곳 사람들은 그 조개를 적곡조개라고 불렀다 한다. 참 너무 야박했던 게지. 스님에게 시주를 한다는 것이 인분이었다니, 세상의 인심은 예나 지금이나 고약한 구석이 있나 보다. 하지만 전설과 달리 이 호수는 언제나 맑고 고요하구나."

"그러게요."

"어지러운 세상을 만나 어진 선비들이 사라졌는데 이 호수는 어찌 이리 맑단 말인가?"

"네?"

"아니다. 너와 정치를 논한들 울분만 가득찰 것이니, 또한 이 모든 자연을 벗 삼아 그림을 그리고 문장을 익히는 네게 더러움만 묻힐 뿐이다. 인선아."

"네, 아버님."

"세상을 있는 그대로 보거라. 자연산천이 모두 네게는 공부 재료들이다. 이 너른 산천경개를 바라보며 그림을 그리고 거기에 생각을 담고 그 생각을 글로 남기면서 깨끗한 삶을 살아가도록 해라."

아닌 게 아니라 아버지 신명화의 말처럼 경포와 경포대, 그리고 강릉의 모든 산천은 인선에게는 모두 공부 재료들이었다. 그림을 그리고 글을 짓고 하는 모든 것들에는 강릉이 담겨 있었다. 풀꽃, 나무, 곤충, 포도 등등.

초가을 청명한 날씨였다.

하늘엔 구름 한 점 없었고 한적한 북평촌의 시골마을엔 최 참판 댁 증손녀 사임당 신인선의 혼례가 준비되고 있었다.

마을 사람들은 아침 일찍부터 찾아와 여자들은 갖가지 음식을 준비하고 남자들은 초례청을 준비하였다. 마당 한가운데 멍석이 깔리고 마당 한쪽에다 차일을 치고 여덟 폭 병풍을 내다 치자 잔치 때면 사용되는 대례상이 옮겨 놓아졌다. 그리곤 대례상 위에 촛대와 초를 꽂고 여러 필요한 물건들을 올려놓았다.

오시午時가 되자 기럭아비의 인도로 신랑이 입장하면서 혼례식이 시작되었다. 신랑은 사모관대를 차려입고 동쪽에 서 있었으며 신부는 원삼 족두리를 차려입고 서쪽에 서 있었다. 신랑과 신부는 들러리의 도움을 받으면서 진행자의 진행에 따라 의식을 치른다.

먼저 신부가 한삼汗衫으로 얼굴을 가린 채 들러리의 부축을 받고 신랑을 향해 두 번 큰절을 하자 신랑은 답례로써 한 번 절을 한다. 그런 다음 신부가 술을 따라 신랑에게 건네 보내고 신랑은 다시 술을 따라 신부에게 건네 보내는 등 그저 신랑 신부는 들러리가 하라는 대로 하면 되었다.

잔치에 모인 동네 사람들은 집안에 빽빽하게 서서 홍미롭게 신랑신부를 바라보며 혼례에서 벌어지는 실수를 발견하면 맘껏 폭소를 터뜨리며 즐거워한다.

이윽고 혼인이 끝나자 잔치가 시작되었다. 동네 사람들 중에 연세가 높으신 어르신은 방안에 모시고 그보다 어리거나 한 사람들은 대청이나 마루에서 음식과 술잔을 나누었다.

저녁때가 되어 모든 잔치가 끝났다. 그렇게 떠들썩하던 집안이 한층 고요해졌다.

"이제 강릉을 떠나면 언제 다시 돌아올 수 있을까? 다시 어머니를 뵈올 날이 있을까?"

율곡을 낳고 6년을 어머니 곁에서 보낼 수 있었던 것은 얼마나 행복했던 날이었던가. 행복한 날을 뒤로하고 아흔아홉 굽이 대관령을 넘어 한양으로 가던 날,

늙으신 어머님을 고향에 두고

외로이 한양 길로 가는 이 마음
돌아보니 북촌은 아득한데
흰 구름만 저문 산을 날아 내리네.

동해바다 강릉의 북평촌을 굽어보며 나는 다시는 어머니를 뵈올 수 없다는 것을 예감했던 것일까?

어머니.

이제는 영원히, 아주 영원히 만날 수 없을 나의 어머니.

"잘 살아야 한다. 시어머니 잘 모시고, 남편 잘 섬기고."

어머니가 잘 가라고 손을 흔드는 모습이 보인다.

즈음 이원수는 아들들과 함께 세곡을 배에 싣고 한양으로 내려오는 중이었다. 이제 이틀만 지나면 한양의 서강 나루터에 도착할 것이다.

갑판 위에 나란히 선 형제는 일몰이 주는 비극적인 아름다움, 해넘이 수평선 노을을 바라보며 대화를 나누고 있었다.

"이야, 이번 여행에서 넌 뭐를 느꼈니?"

"크게 다르진 않지만 지역마다 도민성이라는 것이 있다는 것을 느꼈어요. 진한 사투리 때문이기도 하고 풍속이 약간 다르지 않았나요?"

"그런 것 같았다. 강원도 사람들은 그저 순박한가 하면 한양에 사는 사람들은 현실적이고 평양도 사람들은 여유스러움과 거친

면이 합종하는 듯했어. 물론 이건 전적으로 내가 느낀 감정이지만."

"저도 비슷한 감정을 느꼈어요. 아무튼 뜻깊은 여행이었던 같아요. ……형님도 이젠 결혼을 준비하셔야죠?"

벌써 선의 나이 28세였다. 혼기를 놓쳐도 너무 놓쳤다.

"과거시험에 너무 매여 있느라 혼기를 놓치고 벼슬을 동경한 것도 아니면서 너무 벼슬에 미련을 버리지 못하고 연연해 살아왔던 것이 아닌가 하는 생각이 든다. 과거시험이란 게 결국 벼슬길로 나아가기 위한 수단 아니겠느냐?"

"대부분이 그렇죠."

"너도 그러냐?"

"나중에는 어떤 생각이 들지 모르지만 벼슬길은 동경되지도 않고 오직 학문에만 정진하고 싶어요."

"아우는 벼슬길에 나가 나라를 이끌어도 잘 이끌 거라고 생각해. 일부러 외면할 필요는 없다는 생각이다. 기회가 주어진다면 가장 어진 신하가 되어 임금을 보필하는 것도 뜻있다고 생각해."

"형님, 학업은 결혼을 하고도 이룰 수 있는 것이니 이번에 한양에 도착하면 구체적으로 한번 생각해 보세요. 꼭요."

"그러마."

"지금 어머니 건강은 어떠실까요? 괜찮으시겠죠?"

율곡의 머리에 갑자기 어머니가 떠올랐다.

"건강하셨으면 좋겠다. 매창이가 있어 안심이 되긴 하다만 우리가 평안도로 향할 때 건강이 좋지 않으셔서 걱정된다."

"이번 여행길에 형님이 어머니께 드릴 선물을 잘 사셨어요. 저는 어머니 선물까진 생각을 못하고 있었는데."

"어머님이 우리 선물을 받으시고 기뻐하셨으면 좋겠다."

"기뻐하실 겁니다."

선과 이는 배 위에서 선물 보따리를 펼친다. 평양에서 산 어머니에게 선물할 놋그릇을 확인하고 있다. 그런데 보따리를 푼 순간 깜짝 놀랐다. 놋그릇을 살 때 유리알처럼 반짝반짝 하던 것이 푸르게 곰팡이가 핀 듯 변해 있다.

"이게 왜 이렇지? 살 땐 분명히 유리알처럼 빛났었는데."

"그러게 말이야. 이상한데?"

그때 원수가 두 아들 앞으로 다가왔다.

"왜들 그러느냐? 뭐가 이상하다고?"

"이것 보세요, 아버지. 놋그릇이 푸르게 변했어요."

선이 그릇을 돌려보며 말했다.

"허어, 이게 왜 이렇게 변했지? 이상한데?"

원수는 놋그릇을 이리저리 살피며 고개를 갸웃했다.

"불길한 징조인데. 아무래도 이건 불길한 징조야."

"네?"

선과 이가 동시에 아버지를 쳐다본다.

"혹시 니들 어머니에게 무슨 변고가 생긴 것은 아닐까? 아니겠지? 그래, 아닐 거야."

"그럼요, 그건 아니겠죠. 바다를 타고 내려오다 보니 소금기 있는 수분 때문에 그런 것이 아닐까요?"

선은 타당한 이유를 붙이려고 애썼다. 어머니한테 변고라니? 생각하기도 싫은 상상이었다.

"형님의 말씀이 맞을 거예요. 소금기 있는 수분 때문에 그렇다는 것이 맞을 것 같아요."

"그랬으면 오죽이나 좋겠느냐. 어쨌든 서둘러서 가야겠다."

한편 삼청동에선 긴 강릉의 꿈을 꾸고 난 사임당이 희미한 의식을 붙잡고 매창의 손을 잡는다. 매창은 어머니의 손에서 차가움을 느꼈다.

"너희들을 혼인도 시키지 못하고 떠나게 되어서 미안하다."

"어머니, 그게 무슨 말씀이세요?"

"이젠 정말 떠날 것 같다. 네 아버지와 선, 그리고 이를 보고 떠났으면 좋았을 텐데. 정말 꼭 그러고 싶은데."

"어머닌 자리에서 일어나실 거예요. 그러니 힘을 내세요. 그러실 수 있다는 것을 믿으세요."

"그랬으면 오죽이나 좋겠니? 날짜를 헤아려 보거라. 올 때가 된 것 같은데."

"한 달이 얼추 다 되었어요. 예정대로라면 내일이나 모레쯤 도착하지 않을까요. 아니 지금쯤 서강나루에 도착했을지도 몰라요. 그러니 조금만 더 힘내세요."

"그래야지, 힘을 내서 네 아버지와 선과 이를 보고 떠나야지."

이제 사임당의 목소리는 너무 잦아들어 매창은 귀를 모아야 겨우 알아들을 수 있었다.

"빨리 아버지가 오셔야 할 텐데."

매창은 이 순간을 감당할 수 없었다. 차츰 이 현실이 두렵고 무서워지기 시작했다.

"강릉이 그립구나. 검은 대나무로 둘러싸인 우리 집, 거기에 내 어머니가 살아계신다. 내 어머니가……."

"……!"

결국.

사임당은 그 말을 끝으로 세상과 단절하였다.

서기 1551년(명종 6), 사임당의 나이 48세였다.

서강 나루터에 도착한 원수는 대기하고 있던 관원에게 세곡을 인계하고 급히 서둘러 삼청동으로 향했다. 선과 이도 황급히 아버지 뒤를 따랐다. 제발, 제발, 아무 일 없기를 빌고 또 빌면서 달리고 또 달렸다.

그러나 아!

삼청동에 들어서서 멀리 집을 바라본 순간 불길한 예감은 그대로 적중하고 말았다. 누군가가 집 지붕 위에서 옷을 흔들며 초혼招魂을 부르고 있었다. 그 소리가 슬프게 아니, 단장을 끊는 비수가 되어 들려왔다.

"복復! 복! 복! 평산 신씨 영혼이시여, 속히 돌아오시오! 속히 돌아오시오!"

그 순간 원수와 선과 이는 자리에 털썩 주저앉고 말았다.

"여보."

"어머니."

신음처럼 사임당을 불렀다.

04

큰스님, 저, 돌아갑니다

04

마하반야바라밀다

마하반야바라밀다

해가 금강산에 고루 내려앉아 퍼져 있을 무렵, 율곡은 마하연에서 내려왔다. 마하연은 표훈사에 딸린 암자로 661년 신라 문무왕 1년 의상대사가 창건하였고 마하연나摩訶衍那의 준말이다.

표훈사는 7층 석탑을 중심으로 본전인 반야보전과 입구인 능파루가 남북의 중심축을 따라 마주 보고, 반야보전을 중심으로 명부전과 영산전이 양쪽에 나란하게 있으며, 석탑을 중심으로 하여 동서 양쪽에 극락전과 명월당이 있다.

마하연에서 표훈사로 내려오면 율곡은 언제나 반야보전 앞에 있는 칠층석탑을 돌며 마음을 다잡은 뒤 보전에 들어가 가사를 정돈하고 108배를 올리는 것이 수행 정진의 순서였다.

그런데 오늘은 여느 때와 달리 아침 일찍부터 반야대전으로 사람들이 마구 몰려들고 있었다. 그 행렬은 산문 밖에서 이어져 끊임없이 줄을 잇고 있었다.

"오늘이 무슨 날인데 신도들이 이리 많이 몰려들지요?"

마침 젊은 스님이 옆에 있어 물었다.

"글쎄요, 어떤 스님이 오셔서 강설한다고 하시는데 저도 그 스님이 누군지 모르겠습니다."

"아, 외부에서 강설하실 스님을…… 모시는군요?"

그러나 젊은 스님은 율곡의 말을 비껴서 얼른 합장을 하고 인사를 한다. 뒤를 돌아보니 보웅스님이 수행하는 스님 대여섯 명과 함께 다가오고 있었다. 율곡도 황급히 합장을 하고 자리를 비켜서자 방장 보웅스님은 묵묵히 산문을 향해 걸어가고 있었다.

율곡은 반야보전으로 발걸음을 옮겼다. 그런데 계단을 막 오르려는데 이상한 느낌이 들었다. 잠시 서 있다가 천천히 뒤를 돌아봤다.

방장스님이 산문 가까이 간 모습을 발견하는 동시에 산문에 모습을 드러낸 또 한 사람의 스님이 있었다. 희한하게도 그들이 산문 앞에 도착한 것은 거의 동시였고 산문을 경계선으로 하여 마주서서 손을 맞잡았다.

아니!

율곡은 몸을 돌리고 몇 걸음 몸을 움직였다. 그리곤 자신이 잘

못 본 것이 아닌가 해서 좀 더 눈을 크게 뜨고 산문 앞에 선 스님을 바라봤다.

아, 율곡은 방장스님의 도반인 노승을 시선으로 붙잡았다. 전혀 생각지도 않은 노승의 갑작스런 출현은 율곡으로 하여금 이상한 전율을 느끼게 했다.

"이게 뉘시죠?"

노스님이 율곡을 발견하고 반가움을 표시한 것과 율곡의 합장은 거의 동시였다.

"스님!"

"하하, 보아하니 의암이 아직 중은 되지 못한 게로군요?"

노스님의 첫마디였다. 아닌 게 아니라 율곡은 표훈사로 들어와 마하연의 암자에 묵으면서 아직 삭발하지 않고 머리를 그대로 길러 치렁치렁했다. 수행은 하면서도 중이 되겠다는 결연한 다짐은 아직 내려지지 않고 그것 또한 번뇌로 남아 있었다.

"갑자기 스님께서 어떻게?"

"하하, 경향 각지를 떠돌면서 사는 걸 수행으로 아는 중이 갑자기 나타났다고 해서 새로울 것이 있겠습니까?"

노승은 속세의 나이로도 한참 어리고 법랍 역시 일천한 율곡에게 언제나 공대를 버리지 않고 말했다.

"우리 달마대사께 내가 오늘 강설을 해주십사 청해서 어려운 발걸음을 하신 걸세."

"보웅, 무슨 그런 과분한 말씀을 하시는가? 날보고 달마대사라니? 당치도 않으이."

"대사의 대승교의는 진짜 석가모니 28대손 달마대사의 교의와 너무 닮아 있으니 스님이 달마대사가 아니고 누구겠는가? 내가 달마대사라고 주저 없이 부르는 뜻을 잘 알잖는가?"

"목이 마르니 어서 차나 한 잔 주시게."

"그러지. 내 방에 지금쯤 따끈한 차가 준비되어 있을 테니 그리 가세나."

방장스님과 노승은 방장실로 나란히 걸어가고 율곡은 그 뒤에서 두 스님의 모습을 잠시 바라보다 반야보전으로 발걸음을 옮긴다. 그리곤 가사를 가다듬고 108배를 시작한다.

일 배, 이 배, 삼 배……

한 번 절이 끝날 때마다 바라보이는 반야다라.

눈을 감자 율곡의 눈앞에 차갑게 서 있는 저 무형의 물질, 번뇌는 마음이 움직이는 모양이다. 그 모양을 수습하려 번뇌를 부둥켜안고 다시금 108배를 향한다.

삶은 무엇인가? 죽음은 무엇인가? 깨달아야 한다면 무엇을 깨달아야 하는가?

가사가 흥건하게 땀으로 젖었다.

"오늘 소승은 대승불교의 창시자이신 달마스님의 대승교의를 강의하려 합니다."

108배를 마치고 한참동안 앉아 묵상을 하고 있다가 노승의 소리에 번뜩 깨어났다. 마치 긴 잠에서 깨어난 듯 몽롱함을 이기지 못했다. 주위를 둘러보니 많은 사람들이 운집해 있었는데 숨소리 하나 들리지 않고 조용했다.

"간단히 '승'을 수레에 비유할 때 소승은 외바퀴와 같아 겨우 한 사람을 태울 수 있습니다. 소승교법을 닦게 되면 자신만이 번뇌에서 빠져나와 자신의 깨달음만 추구하기에 그칩니다. 달마스님은 석가의 27대 법손인 반야다라의 법유法諭에 따라 동토로 건너와 대승 선종 교의를 전수하였습니다. 대승은 마치 네 마리의 말이 끄는 큰 마차와 같아 많은 사람이 앉을 수 있습니다. 대승교의를 따라야만 진정으로 대자대비할 수 있고 중생들을 포교할 수 있으며 자신뿐 아니라 번뇌 속에서 허덕이는 중생들을 해탈시켜 줄 수 있습니다.

대승불법이 처음 전해졌을 때만 해도 사람들은 받아들이지 않았습니다. 그래서 달마스님께서는 벽을 향해 9년간 좌선하셨고 그분의 높은 정신이 돌에 새겨져 영석이 만들어지고 세인들을 감화시켰습니다. 제2대 법손인 혜가스님이 대승교의를 강설하면 천지를 감동시켰는데 사람들은 도리어 그를 귀신이라 비난하였고 그가 입적한 후에 머리를 잘리는 수난을 당했으나 결국 그분이 진짜 깨달은 부처라는 것을 알게 되었지요.

세상의 만사만물은 모두 사람의 마음에서 비롯된다고 하는 것입니다. 눈으로 보고 귀로 듣고 혀로 맛을 보고 몸으로 느끼고 생각한 것에서 만사만물이 비롯된다는 것입니다. 만약 우리에게 마음이 없으면 세상의 일체는 없는 것과 같습니다."

그리곤 대중들에게 '마하반야바라밀다심경' 을 강설하였다.

"대중 여러분! '마하반야바라밀다' 란 말이 몹시 어렵지요? 이것은 범어인데 우리말로 번역하자면 알기 쉽습니다. 범어 '마하' 는 '크다' 는 뜻이며 '반야' 는 '지혜' 이며 '바라밀다' 는 '저쪽에 도달하다' 는 뜻입니다. 간단히 해석하자면 대지혜가 있는 사람은 마음이 맑아서 항상 기쁘고 청정하며 행복한 저쪽에 도달하여 득도한다는 뜻입니다. 이 경전은 어떻게 하면 부처가 될 수 있는가를 가르쳐 주는 경전입니다. 누가 부처가 될 수 있는가? 사람들 누구나 부처가 될 수 있습니다. 지혜는 많지도 않고 적지도 않습니다. 사람들은 항상 잡념에 미혹되고 집착하여 각오하지 못하고 있습니다. 그래서 부처와 일정한 거리를 두고 있는 것입니다. 이 거리는 오직 사람의 각오, 즉 지혜로써 일체 집착과 번뇌를 제거하고 본래의 자성을 철저히 나타내어야만 없앨 수가 있는 것입니다."

짧지 않은 노승의 강설은 공양시간을 훌쩍 넘기고서야 끝났다.

불자들이 모두 돌아가고 일찍 찾아든 어둠이 산사를 삼킬 즈음 율곡은 노승 앞에 다가가 무릎을 꿇고 앉았다.

"어둠이 깊었는가?"

노승이 물었다.

"어둠이 깊으려면 아직 멀었습니다."

"언제 날이 밝으려는가?"

"아직 날이 밝으려면 멀었습니다."

마치 선문답을 나누는 것 같았다.

"그렇다면 의암, 나와 오늘 곡차를 한 잔 하겠소?"

"스님, ……오늘 스님의 강설은 감명 깊었습니다. 그러나 저를 깨우치진 못하셨습니다. 달마는 불교의 진리를 깨우치기 위해 반야다라를 따라 무려 15년이란 긴 세월 동안 방랑하였습니다. 그동안 어디를 가든지 매일 눈을 감고 진리를 깨우치는 데 몰두했고 번뇌를 쫓는 수련을 하루도 거르지 않고 꾸준히 하였습니다. 그런데 저는 고작 일 년 반 남짓, 사체四諦만 닦고 육도六度를 닦지 않았으며, 생과 멸의 현상만 말하고 불생불멸의 진여본체眞如本體를 말하지 못했습니다. 깨달음은 없었습니다. 왜 사는가에 대한, 죽음에 대한 그 어느 것도……. 결국 깨달음을 향한 것도 저에겐 부질없다는 생각입니다."

"부질없다면 부질없는 것이지요. 그것 또한 깨달음이 아니겠소?"

"굳이 깨달은 것이 있다면 나는 결코 중이 될 수 없는 놈이라는 것입니다."

"그렇다면 굳이 여기에 있을 필요가 없겠지요."

"절을 떠날 것을 권유하시는 것인지요?"

"어찌 내가 절을 떠날 것을 권유할 수 있겠소? 출가와 마찬가지로 환속은 스스로 결정하는 것이지 누가 권유해서 되는 것이 아니오. 자신이 선택할 일입니다."

"그렇지요, 제가 선택할 일이지요. 제 가슴속에 산과 물이 있으니 더 이상 산에 머무를 이유가 없겠지요."

이것은 금강산으로 들어와 불교 수행에 들어간 율곡이 내린 마지막 결론이었다.

'내 가슴속에 산과 물이 있으니 더 이상 산에 머무를 이유가 없다.'

고승 앞에서 한 이 말은 절집으로 인도한 고승에 대한 예의가 아니었고 오만한 도발이었다.

"나무아미타불 관세음보살."

노승은 눈을 감고서 신음처럼 읊조렸다.

"스님이 부처가 될 수 있다면 저도 부처가 될 수 있을 것이라는 생각이었습니다."

방장스님에게 했던 말처럼 율곡은 노승에게 다시 '생불무별生佛無別'의 도리를 말하고 있었다.

"그러나……, 스님."

산사를 떠나기 전 날의 밤은 유난히 길고 지루했다.

"어둠이 깊었는가?"

"어둠이 깊으려면 아직 멀었습니다."

"언제 날이 밝으려는가?"

"아직 날이 밝으려면 멀었습니다."

날이 샐 때까지 율곡의 귀에는 오로지 이 말만 계속 반복해서 들려왔고 나머지 세상은 암전이었다.

율곡이 절을 떠나는 날은 출가에 나선 그날처럼 비가, 늘어진 오죽처럼 내리고 있었다. 굳이 다르다면 출가하여 절에 올 때는 봄비였고 절을 떠나 환속하는 오늘은 이듬해 내리는 가을비였을 뿐이다.

비가 추적추적 내리고 난 뒤 낮게 깔리는 구름바다는 금강산을 삼키는 거대한 우주로 변모했다.

"큰스님."

율곡은 대전에서 좌선하고 있는 방장스님에게 인사를 드리기 위해 나지막한 소리로 불렀다. 그러나 큰스님은 미동도 하지 않았다.

"큰스님, 저, 돌아갑니다."

여전히 대답이 없고 움직임도 없는 그런 큰스님에게 율곡은 큰절을 올렸다. 그리곤 반야보전을 나섰다. 그런데 율곡이 바랑을 메고 반야보전을 나와 계단을 내려설 때 작게, 아주 작게 목탁소리가 들리기 시작했다. 그러나 산문을 나설 때 들려오는 목탁소리는 둔탁하게, 아주 둔탁한 소리로 거칠어지기 시작했다. 세상을 깨부술 듯 목탁 소리는 점점 크게 표훈사 전체를 덮어갔다.

"……!"

율곡은 몸을 돌려 반야보전에 다시 한 번 합장을 하고 머리를 숙였다.

노승은 어느새 산문을 훌쩍 지나 하나의 점이 되어 저 멀리 산모롱이를 돌고 있었다.

금강산에서 고성을 거쳐 강릉까지 내려오는 동안 노승은 단 한 마디의 말도 건네지 않았다. 그건 율곡도 마찬가지였다. 마치 두 사람은 묵언수행을 하고 있는 사람들처럼 보였다. 그러는 가운데 율곡은 간간이 가던 길을 멈추고 진한 미련을 두고 가는 사람처럼 뒤를 돌아 멀어져 가는 금강산을 바라보았다.

그러나 아무리 눈 씻고 바라봐도 속세로 돌아오는 율곡에게 남아 있는 과거는 아무것도 없었다. 과거는 다만 오늘을 결정하고 영향을 미친 부분에서만 가치가 있을 뿐.

"스님, 여기서 헤어져야겠습니다. 저희 외할머니께서 살고 계시는 북평촌에 다 왔습니다. 아니 돌아가신 저의 어머니 사임당께서 머물고 계시는 집에 다 왔습니다."

그러자 노승은 가던 길을 멈추고 율곡을 바라본다. 그런 노승을 율곡도 바라본다.

"아주 먼 길을 돌아온 느낌입니다. 스님, ……털어내고자 했던 번뇌는, 제가 영원히 짊어지고 가야 할 짐인 게지요?"

"의암."

"네, 스님."

"번뇌를 없애려면 우선 무명無明을 끊어야 한다. 무명이 번뇌를 일으키는 것이니라. '무명' 이란 어떤 일이 발생하였는지 네가 알지 못함이다. 그 무명을 제거하면 '사혹' 이 없어진다. '무명을 제거할 때 자연히 생사번뇌를 끝맺을 수가 있느니라."

"……!"

"부처는 곧 각오覺悟이니라. 부처는 어디에 있는가? 바로 네 마음속에 있으며 부처의 지견이란 곧 네 마음의 각오이니라."

율곡에게 항상 경어를 써왔던 노승의 목소리는 온데간데없었다. 아니 그건 노승의 소리가 아니라 무상계를 설파하는 달마의, 달마의 소리였다.

"스님."

율곡은 합장을 하고 눈을 감았다.

사임당

초판 1쇄 인쇄 2017년 1월 16일
초판 1쇄 발행 2017년 1월 23일

지은이 | 유현민
펴낸이 | 이정란
회 장 | 김순용
펴낸곳 | 이인북스

등록번호 | 2007년 12월 14일 제311-2007-36호
주 소 | (03442) 서울시 은평구 증산로17길 6-27, 301호
전 화 | (02) 6404-1686
팩 스 | (02) 6403-1687
이메일 | 2inbooks@naver.com

값 12,000원
ISBN 978-89-93708-51-6 03810